Heike Wendler

Francesca, die Papstkatze oder alle Wege führen nach Rom

HEIKE WENDLER

Francesca, die Papstkatze

oder alle Wege führen nach Rom

benno

Bildnachweis:
Katzen: © Dmitry Skvorcov/Fotolia.de
Paginierung: © m.i.g.u.e.l/Fotolia.de

Bibliografische Information der Deutschen Nationalbibliothek
Die Deutsche Nationalbibliothek verzeichnet diese Publikation in der Deutschen Nationalbibliografie; detaillierte bibliografische Daten sind im Internet über http://dnb.n-db.de abrufbar.

Besuchen Sie uns im Internet:
www.st-benno.de

ISBN 978-3-7462-3362-8

Stammerstr. 11, 04159 Leipzig
Umschlaggestaltung: Ulrike Vetter, Leipzig
Umschlagabbildung: © Tim Glass/Fotolia.de; © pterwort/Fotolia.de (Katze)
Gesamtherstellung: Kontext, Lemsel (A)

München – Ein Anfang

München, 1981

Es gibt kaum etwas, das ich mehr hasse als Nieselregen. Außer Kälte vielleicht. Doch die Kombination von beidem, die uns dieser erste November bescherte, war das Schlimmste, was ich je erlebt hatte. Ich rettete mich in den schützenden Hausflur unserer erzbischöflichen Residenz und es kam, was kommen musste: Ich lief geradewegs Frau Brenner, unserer dominanten und durchaus widerspenstigen Hauswartsfrau, vor den Besen. Sie führte ihr strenges Regime unter der Leitung von Maria, die aber derzeit gerade verreist war.

Ich schüttelte mich, mein weißes Fell war feucht und kalt, was sofort ihren Unmut erregte. „Na, siehst' wieder aus wie ein Wischmopp? Mach hier bloß keinen Dreck!“ Ich miaute kläglich, in der Hoffnung, sie zu besänftigen. Der Frau entging aber auch gar nichts! Nicht mal eine kleine Katze fand vor ihrem strengen Blick und ihrem Sauberkeitsfimmel, der den meinen noch bei Weitem übertraf, Gnade. Ich miaute noch einmal, noch ein bisschen kläglicher und siehe da, es wirkte!

„Hinterlass hier bloß keine Dreckspuren!“, brummte sie schon versöhnlicher und schwang schon wieder den Besen, während ich mich, so schnell ich konnte, durch die schwere, aber glücklicherweise bloß angelehnte Eichenholztür schlängelte. Frau Brenner entronnen, entspannte ich mich sofort.

„Komm rein, Kitty, hier ist es schön warm!“ Die Stimme, die mich magisch anzog, gehörte unserem Erzbischof, der außerdem Kardinal war. In seiner schwarzen Soutane stand er am Fenster und lächelte mich an. Dieses Lächeln, das von seinen Augen Besitz ergriff und direkt aus seiner Seele zu kommen schien, war das Allerschönste an ihm. Dicht gefolgt von seiner leisen, warmen Stimme und seinen sanften Händen, wenn er mich streichelte. Er war mein Ein und Alles! Und mein Retter! Fünf Monate war es her, da hatte er mich aus einer äußerst misslichen Lage befreit. Ich war damals erst wenige Wochen alt und noch etwas unbeholfen auf meinen vier Pfoten durch den Hof getapst und wollte eigentlich nur erkunden, warum die anderen Katzen einen so großen Bogen um die große Pfütze auf dem Hof gemacht hatten. Kaum drin, wusste ich es: Unter dem Wasser befand sich Erde, die zu Matsch geworden meine Pfoten festklebte. Ich rief um Hilfe – und er hörte es! Er war gerade aus seinem Wagen gestiegen, kam auf mich zu und hob mich heraus. Ehrensache, dass ich meinem Retter seitdem versuchte, auf Schritt und Tritt zu folgen. Von Stund an war er *mein* Kardinal und um alles, was irgendwie nur nach Pfütze aussah, machte ich seitdem einen riesigen Bogen.
Mit ein paar Sätzen war ich bei ihm. Er sah müde aus, registrierte ich und schlich ihm um die Beine. Zumindest soweit das sein Gewand zuließ. Vielleicht brauchte er ja Aufmunterung? Schließlich hatte es so ein Kardinal nicht leicht, so viel wusste ich. Von früh bis spät hetzte er von Termin zu Termin, bearbeitete Unmen-

gen von Post und das Telefon klingelte pausenlos. Dazu die ganzen Leute, die hier ein- und ausgingen!
„Na Kitty, willst du etwas fressen?“, fragte er. Im Gegensatz zu den meisten anderen Menschen sprach er mit mir. Nun, vielleicht nicht nur mit mir, im Hof unserer erzbischöflichen Residenz lebten natürlich noch mehr Katzen, mit denen er auch hin und wieder sprach, doch mit mir, mit mir sprach er am meisten. Die anderen Katzen trauten sich schließlich auch nicht hinein in unser schönes Palais. Frau Brenners Ruf war legendär. Auf dem Weg in die Küche mussten wir natürlich an ihr vorbei. Sie sagte kein Wort zu mir, beachtete mich nicht einmal, dafür strahlte sie meinen Kardinal an. Diese Wirkung hatte er auf viele Menschen. Wenn er im Raum war, konzentrierte sich die gesamte Aufmerksamkeit auf ihn.
Sieben Türen und unzählige Katzenschritte später waren wir am Ziel. Köchin Agnes, eine kleine, runde und sehr, sehr freundliche Person mittleren Alters, wuselte am Herd herum und schrak nun auf. Ihre roten kurzen Locken hatte sie wie immer unter ihrer weißen Haube versteckt, nur eine blitzte vorwitzig heraus. Leicht genervt stopfte sie diese darunter, dann lächelte sie meinen Kardinal an.
„Ein Schälchen Milch für Kitty und für mich einen Tee!“, bat er Agnes. Im Gegensatz zu Frau Brenner mochte Agnes Katzen. Und mich ganz besonders, denn anstatt Katzenfutter aus der Dose, wie sie es

draußen im Hof so gern verteilte, füllte sie mir jetzt nicht nur Milch in ein Schälchen, sondern stellte auch einen kleinen Napf mit Thunfischstücken dazu. „Na, die magst du gerne, stimmt's?" Da war sie wieder! Seine Hand, die zärtlich meinen Kopf streichelte. Dafür ließ ich sogar den verführerischen Thunfisch warten! Nichts ging über diese Zärtlichkeiten! Ich futterte, so schnell ich konnte, nur um ihm dann schnell in sein Arbeitszimmer hinterherzuflitzen, wohin er inzwischen verschwunden war. Zum Glück hatte Frau Brenner ihre Kehrarbeiten eingestellt, sodass ich ohne Schwierigkeiten durchs Haus huschen konnte. Den Weg in die Privaträume meines Kardinals kannte ich im Schlaf. Während er sich in seine Akten vertiefte, machte ich es mir am Fenster gemütlich. Von hier drin war dieses graue Wetter gar nicht mehr so furchtbar.

Dieser November begann nicht nur nieselig, er ging auch so weiter. Außerdem war es kalt. Da machte das Herumtollen draußen wirklich keinen Spaß. Selbst die vielen bunten Blätter, die der Wind von den Bäumen fegte und die sich hervorragend zum Spielen eigneten, machten das nicht wieder wett. Es schauerte ständig, was mir die Freude am Draußensein gehörig verdarb. Doch als ob diese Tristesse, die die Menschen Herbstwetter nannten, nicht schon schlimm genug wäre, wurde dieser Monat noch

schlimmer. Mein Kardinal musste nämlich verreisen! Das tat er leider häufiger, als mir lieb war, denn so sehr ich mich auch bemühte, er nahm mich nie mit. Und ohne ihn war dieses Haus eindeutig nicht dasselbe.

„Ja, Seine Heiligkeit hat mich nach Rom berufen!“, hörte ich ihn mit seinem Bruder telefonieren. „Nein, nein, meine Reise duldet keinen Aufschub, am besten treffen wir uns in Rom, dann können wir über alles sprechen! Maria wird auch dort sein.“

Dieser Bruder, so hatte ich mitbekommen, hieß Georg und war ein paar Jahre älter als mein Kardinal. Maria war die ältere Schwester der beiden.

„Menschengeschwister hängen ein Leben lang aneinander, selbst wenn sie weit auseinanderleben“, hatte mich Minu aufgeklärt. Minu war die älteste von uns Katzen im Palais Holnstein und so etwas wie unser Mutterersatz. Grau-getigert und mit der Erfahrung vieler Lebensjahre, hatte sie meinen Bruder Ottokar und mich quasi adoptiert, als unsere Katzenmama weitergezogen war. Jeder fragte sie um Rat, nun ja, jede Katze zumindest. Sie lebte schon ihr ganzes Katzenleben lang im Hof der erzbischöflichen Residenz und verließ unser Refugium immer seltener. Trotzdem war sie, wie die anderen auch, nicht bereit, die Innenräume zu betreten.

„Die Brenner duldet uns nicht im Haus!“, war ihr Lieblingsspruch.

„Aber ich gehe doch auch rein, wenn ich will!“, widersprach ich. Gut, mitunter machte die Hauswartsfrau Schwierigkeiten, aber es gab immer Mittel und Wege, sie auszutricksen.

„Du bist noch sehr jung, Kitty, du musst noch viel lernen!“, belehrte sie mich. „Mit Menschen zusammenzuleben heißt immer auch, seine Freiheiten aufzugeben.“

Ich sah sie ratlos an. Was meinte sie denn damit?

„Kitty, es gibt Hauskatzen und es gibt freilebende Katzen. Ich für meinen Teil würde niemals zur Hauskatze mutieren wollen!“

So wie Minu das sagte, klang es, als ob das etwas ganz Fürchterliches wäre. Was war so schlecht daran, eine Hauskatze zu sein? Ich wäre gern eine – immer meinen Kardinal um mich herum und nie wieder bei Nieselwetter im Freien sein müssen!

„Wenn mein Kardinal nicht da ist, gehe ich ja auch kaum hinein!“, brachte ich zu meiner Verteidigung hervor.

Minu sah mich kopfschüttelnd an. „Kitty, Kitty, er ist nicht *dein* Kardinal!“

Das sah ich ganz anders. Und ich wollte so etwas auch gar nicht hören.

Während der November weiter vor sich hin nieselte, wartete ich auf die Rückkehr meines Kardinals. Jeden Tag tigerte ich den Hausflur auf und ab, immer Frau Brenner im Nacken, und hoffte auf seine Rückkehr. Wenn ich keine Lust auf das Dosenfutter hatte, wagte ich mich sogar bis in die Küche vor, wo mich Agnes dann mit Thunfisch und Milch verwöhnte. So verging dieser Monat, langsam und schier endlos. Nur mein Kardinal war noch nicht wieder heimgekehrt.

„Ich habe gehört, dass er dieses Mal gar nicht wiederkommt!“, eröffnete mir eines schönen Dienstagmorgens Ottokar. Dienstags, das wusste hier jede Katze, war immer jede Menge los in unserem Palais. Priester kamen und gingen, noch mehr als an anderen Tagen, dazu andere Männer in Anzügen und mit Taschen in der Hand.

„Dienstbesprechung!“, hatte Minu mir mal erklärt. „Einmal in der Woche, ohne Ausnahme!“

„Aber wieso sagst du denn so was?“, fragte ich Ottokar. Nein, dass mein Kardinal gar nicht mehr wieder zurückkam, hielt ich für komplett ausgeschlossen.

„Er wohnt doch hier, er arbeitet hier und außerdem sind wir hier! Er liebt uns!“, argumentierte ich. Gut, ich hatte uns gesagt, obwohl ich natürlich mich gemeint hatte, aber das schien Ottokar gar nicht zu bemerken. Er leckte sich über sein weiß-braunes Fell.

„Kitty, ich habe gehört, wie der Gärtner es zu Agnes gesagt hat. Der Papst hat unseren Kardinal nach Rom berufen!“

„Aber ja, das weiß ich doch! Ich habe selbst auch gehört, wie er es seinem Bruder gesagt hat!“

„Ja, der ist auch nach Rom gefahren, sagt der Gärtner“, bekräftigte Ottokar. Und fügte dann leise hinzu: „Aber der Gärtner hat Agnes auch erzählt, dass der Heilige Vater will, dass unser Kardinal in Rom bleibt. Weil er ihn dort dringend braucht! Und wen der Heilige Vater dringend braucht, der muss halt bleiben!“

Ich schluckte. Wer war dieser Heilige Vater, dass er mir einfach meinen Kardinal wegrufen konnte?

„Der Heilige Vater ist der Papst, Kitty!“, klärte mich Minu

auf, die hinzugekommen war. „Und der Papst ist der höchste Mann in der Kirche, derjenige, der den anderen sagt, wo es langgeht! Wenn er sagt, dass unser Kardinal nach Rom kommen soll, macht der das natürlich auch!"
Mein Herz krampfte sich bei der Vorstellung zusammen. Nein, mein Kardinal würde mich nicht einfach zurücklassen! Wie kam dieser Vater eigentlich dazu, meinen Kardinal zu rufen? Hätte er nicht einfach einen anderen rufen können? Doch für Minu schien klar: Dem Papst widerspricht man nicht. Nicht mal ein Kardinal. Und als Katze gleich gar nicht!
„In Rom soll es unzählige Katzen geben!", hörte ich Minu sagen. „Viel mehr als hier und viel mehr, als der Kardinal versorgen kann. Er weiß doch, dass wir hier bei Agnes in guten Händen sind!" Minu meinte es gut, das wusste ich, trotzdem wurde ich ganz traurig.
Ich beschloss, der Sache auf den Grund zu gehen. Ich musste einfach wissen, ob die beiden nur flunkerten, um mir Angst zu machen, oder ob ich wirklich befürchten musste, ihn nie wiederzusehen.
„Aber wenn er in Rom bleiben muss, kommt er doch sicher ab und zu wieder nach Hause, oder?"
„Ach, Kitty, weißt du eigentlich, wo Rom liegt? Ganz weit weg von hier! Da kann man nicht einfach mal auf einen Tee nach Hause gehen! Er wird sich dort ein neues Zuhause suchen."
Ich schluckte schwer. Diese Aussichten gefielen mir ganz und gar nicht.

Abgelenkt durch die Weihnachtsfeierlichkeiten, die ebenso aufregend wie neu für mich waren, fiel mir kaum auf, dass auch der nächste Monat ins Land gezogen war, ohne dass ich ein Lebenszeichen von meinem Kardinal bekommen hätte. Auch sprach im Haus kaum noch jemand von meinem Kardinal. Stattdessen schnappte ich ein neues Wort auf: Präfekt. Was immer das war, es fiel oft in den Gesprächen von Frau Brenner und von Agnes. Selbst der Sekretär, ein dünner Priester namens Rudenz, erwähnte es sehr oft. Ich heftete mich an seine Fersen, wenn ich mir Klarheit verschaffen wollte, musste ich herausfinden, was hier los war.

„Na, Kitty, vermisst du unseren Präfekten auch?" Rudenz hatte mich entdeckt, als ich ihm ins Arbeitszimmer nachgeschlichen war. Wenn mein Kardinal nicht daheim war, blieb diese Tür gewöhnlich fest verschlossen. So fest, dass es selbst mir nicht gelang, hineinzukommen. Wie eigentlich alle Türen zu den Privaträumen meines Kardinals dann verschlossen blieben, denn es hatte ja auch keiner was drin verloren.

Aber warum glaubte Rudenz, ich würde einen Präfekten vermissen? Ich kannte ja gar keinen! Mit seinen dünnen, kalten Fingern strich mir Rudenz tröstend über den Kopf. Ich schnurrte, um ihn zum Weiterreden zu animieren. Er war zögerlich, wenn es darum ging, mit mir zu sprechen.

„Ach, Kitty, er hat es gut. In Rom ist es viel wärmer als hier. Und nicht so grau!"

Er meinte meinen Kardinal? Er war also tatsächlich

noch in Rom! Plötzlich stand Frau Brenner in der Tür und würgte so unsere Unterhaltung abrupt ab.
„Packen Sie schon die Sachen zusammen, die wir dem Präfekt nachschicken sollen?“, wollte sie wissen.
„Ich sichte schon mal die Lage!“, antwortete er ihr.
Vorsichtig schlich ich mich Richtung Fenster und suchte hinter den schweren Vorhängen Deckung. Bloß Frau Brenner nicht auffallen! Sonst jagte sie mich noch davon, ohne dass ich endlich die Wahrheit erfuhr.
„Ach, Rom!“, seufzte sie. „Die schönste Stadt der Welt! Sie waren doch schon mal da, oder?“
„Aber ja!“, hörte ich Rudenz antworten. „Das ewige Rom ist mehr als nur eine Legende, die Stadt ist so atemberaubend, dass es mir jedes Mal schwerfällt, sie wieder zu verlassen. Unser Erzbischof, ich meine natürlich der Präfekt, hat es gut. Vom Heiligen Vater in dieses hohe Amt berufen worden zu sein, ist eine unglaubliche Ehre!“
Mein Kardinal war dieser Präfekt? Die Erkenntnis traf mich wie ein Schlag. Für mich blieb er mein Kardinal, beschloss ich. Sollten die Menschen sich doch mit den Titeln vergnügen, für mich blieb er, wer er war. Aber was erfuhr ich da noch? Er hatte ein neues Amt? In Rom? Das war ja furchtbar! Dann hatten Ottokar und Minu ja Recht! Dann kam er vielleicht wirklich nicht wieder nach Hause? Aber das ging doch nicht!
„Ja!“, bestätigte Frau Brenner und unterbrach damit meine Gedanken. „Aber es ist auch eine ungeheuere Verantwortung, die er damit auf sich genommen hat. Präfekt der Kongregation für die Glaubenslehre! Allein dieser Titel ist schon respekteinflößend, finden Sie nicht?“

Ob Rudenz das auch so sah oder nicht, bekam ich nicht mehr mit. Meine Gedanken kreisten nur um ein Wort: Rom! Mein Kardinal war nicht länger Erzbischof hier in München, damit konnte ich leben, dann war er eben Präfekt dieser Kongregation, was machte das schon für einen Unterschied. Für mich blieb er mein Kardinal, denn das – so hatte ich herausgelauscht – war er ja trotzdem noch. Aber Rom? Rom war furchtbar – weit weg, ja geradezu unerreichbar weit weg!

Seit ich die Wahrheit wusste, war ich deprimiert. Daran konnte auch das weiße Zeug, dass die Menschen Schnee nannten und das in Massen in den folgenden Wochen vom Himmel fiel, nichts ändern. Minu, Ottokar und die anderen tollten darin herum, mir war es schlicht zu kalt.

„Komm schon, sei kein Trauerkloß!" Ottokar schüttelte sich die Schneereste aus seinem dicken Fell und setzte sich zu mir in den Hausflur. Diese hinterste Ecke wurde von Frau Brenner zwar auch regelmäßig gefegt, allerdings nicht so häufig wie der Rest des Flures. Deshalb wurde ich von hier auch weniger oft vertrieben. Auch wenn Agnes mir weiterhin Leckereien zusteckte, war mein Leben ohne meinen Kardinal nicht mehr schön. Ich vermisste ihn, sein Lächeln, sein Streicheln und ganz besonders die seltenen Momente, in denen er es sich an seinem Flügel bequem gemacht hatte und ein leises Lied spielte. Ich war seine einzige Zuhörerin gewesen, und so konnte ich mir einbilden, dass er nur für mich gespielt hatte.

„Wir bekommen einen neuen Erzbischof!“, verkündete Minu uns eines schönen Tages. Wieder ein Dienstag, sie hatte sicher irgendeine Informationsquelle im Haus, die sie geheim hielt. Woher sollte sie so etwas sonst wissen?
„Wann, weiß ich auch noch nicht, aber wir müssen uns darauf gefasst machen, dass der neue Erzbischof vielleicht kein so großer Katzenliebhaber ist wie der alte!“
Die Stille, die auf ihre Worte folgte, war nahezu grenzenlos. Ottokar fasste sich als Erster wieder.
„Und was machen wir nun?“, fragte er in die Runde, die außer Minu, Ottokar und mir noch aus vier weiteren Katzen bestand, die alle mehr oder weniger fest im Hof des Palais ihr Zuhause gefunden hatten.
„Wir müssen uns eben ein neues Revier suchen!“, schlug ein vorwitziger kleiner Kater vor. Die anderen schienen noch zu überlegen.
„Oder wir gehen alle nach Rom!“, machte ich einen Gegenvorschlag. Meine Gedanken waren seit Wochen nur um dieses eine Thema gekreist: Rom!
„Es soll dort Tausende von Katzen geben!“, fügte ich hinzu. Doch die Begeisterung in der Runde hielt sich in Grenzen.
„Aber, Kitty, Rom ist doch viel zu weit weg! Du bist noch sehr jung, deshalb weißt du das eben noch nicht, aber man kann nicht einfach nach Rom spazieren! Man würde Tage, nein, was sage ich, Wochen oder gar Monate brauchen! Ganz zu schweigen von der Gefahr, der man sich dabei aussetzt! Zwischen München und Rom liegen ganze Länder, die man durch-

queren muss! Wir sind Katzen, Kitty, keine Zugvögel."
„Außerdem habe ich gehört, dass die Menschen die Katzen in Rom auch nicht gut behandeln!", fiel mir nun der vorwitzige Schwarze in den Rücken. Ich warf ihm einen bösen Blick zu, doch die Moralpredigt kam von einer anderen Seite.
„Wir sollten uns alle keine Sorgen machen, vielleicht stören wir den neuen Erzbischof gar nicht. Wir gehen ja nicht ins Haus und hier draußen werden wir von Agnes bestens versorgt. Und ich glaube nicht, dass sich daran etwas ändert, wenn hier ein neuer Erzbischof einzieht!"
Murr, ein gescheckter älterer Kater, ergriff nicht oft das Wort. Er hatte gesprochen und die Runde akzeptierte seine Meinung ohne Widerrede. Nun sah er mich an und schüttelte den Kopf. „Schlag dir Rom aus dem Kopf, Kitty!", verlangte er. „Minu hat Recht, Rom ist unerreichbar!"
Ich hatte alle gegen mich. Nie in meinem Leben hatte ich mich einsamer gefühlt. Sie waren meine Familie, ja, meine Katzenfamilie. Aber mein Kardinal, der nun ja statt Erzbischof in München Präfekt in Rom war, war etwas anderes. Ihm fühlte ich mich nah und ich war mir sicher, dass er mich auch vermisste. Da konnten mich die anderen noch so sehr tadeln, ich blieb dabei: Er mochte mich genauso, wie ich ihn mochte.
„Wenn er dich so sehr lieben würde, wie du es dir einbildest, Kitty, dann hätte er dich mitgenommen!"
Ottokars Worte ärgerten mich und taten mir weh. Ja, warum hatte er mich eigentlich nicht mitgenommen?

In den letzten Wochen hatte ich mir diese Frage immer wieder gestellt.

Die Antwort auf diese alles entscheidende Frage ereilte mich überraschend schnell, und zwar in Gestalt von Rudenz und Frau Brenner, die sich unter dem Kommando von Georg daranmachten, die Sachen meines Kardinals zusammenzupacken.
„Sollten wir seine Katze auch mitnehmen?“, hörte ich ihn fragen. Er sah seinem Bruder nicht ganz unähnlich, auch wenn seine Stimme etwas anders klang, so erinnerte mich sein Lächeln doch sehr an ihn. Ich strich ihm liebevoll um die Beine und er revanchierte sich, indem er mich hinterm Ohr kraulte. Wenn ich ganz fest meine Augen schloss und es mir ganz intensiv vorstellte, dann fühlte es sich fast so an wie bei meinem ...
„Die Katze?“, fragte Frau Brenner regelrecht entsetzt und beendete damit meinen Tagtraum. „Aber nein, wo denken Sie hin, natürlich nicht! Sie ist eine von vielen, die hier leben. Sie ist halt ein bisschen aufdringlicher als die anderen, streift ständig durchs Haus und so. Unser Erzbischof, ich meine Präfekt, ist ja so ein Katzennarr, er hat das immer geduldet. Ich glaube, es hat ihn amüsiert. Doch ich kann mir überhaupt nicht vorstellen, dass er auch nur eine davon mitnehmen will!“
Sie warf mir einen abschätzigen Blick zu. War das die Retourkutsche dafür, dass ich sie so oft ausgetrickst hatte? Georg schien hin- und hergerissen.
„Sehen Sie mal, die Katze ist noch jung, hat da drau-

ßen ihre Katzenfamilie und überhaupt gibt es in Rom so viele Katzen, da muss man nicht noch welche hinbringen, glauben Sie mir!“, argumentierte sie.
Georg ließ sich von ihr jedenfalls überzeugen. „Na, dann lassen wir dich mal lieber schön hier, wenn Frau Brenner sagt, dass du eigentlich eine freilebende Katze bist! Ich bin sicher, dass Joseph dich nie von deiner Familie trennen würde, so was macht er nicht!“
Vor Entsetzen kriegte ich keinen Ton heraus. Doch nach dem ersten Schock miaute ich kläglich. „Ich will mit!“, miaute ich. „Unbedingt sogar! Bitte bring mich zu meinem Kardinal!“
Doch erwartungsgemäß verstand mich Georg nicht. Er strich mir noch einmal übers Fell, dann schnappte er mich und brachte mich zu Agnes in die Küche.
„Die Kleine hier miaut ganz furchtbar!“, erklärte er ihr. „Sie hat bestimmt schrecklichen Hunger!“
Er setzte mich ab und Agnes starrte mich fragend an. „Fürchterlichen Hunger? Du kriegst doch genug hier bei mir, oder?“ Kopfschüttelnd füllte sie mir ein Schälchen mit Milch auf und streute etwas Trockenfutter in einen Napf. Doch mir war der Appetit vergangen. Sie packten seine Sachen. Er würde nie wiederkommen – das war alles, was ich denken konnte. Und Dank der Brenner nahmen sie mich nicht mit!

„Wenn du es unbedingt willst, dann findest du auch einen Weg!“, gab mir ausgerechnet Murr den entscheidenden Rat. „Es bringt nichts, Trübsal zu blasen, kleines Kätzchen! Du musst dich entscheiden, welchen Weg du im Leben gehen willst: den, der dir durch deine Umgebung vorgelebt wird, oder deinen eigenen."

Das gab den Ausschlag – ja, ich würde auf Murr hören, nur dieses eine Mal. Meine Entscheidung stand fest: Ich musste nach Rom! Egal, wie! Nichts war unmöglich – wenn man es wirklich wollte. Und ich, ich wollte! Auf nach Rom!

Alle Wege führen nach Rom

An einem sonnigen Montag ein paar Wochen später war meine Chance gekommen. Ein Lastwagen parkte unübersehbar im Hof.

„Der kommt von weither, so was sehe ich!“, behauptete Ottokar. Er sollte recht behalten. Der Fahrer des Wagens, ein junger Mann mit strubbeliger Frisur, saß bei Agnes in der Küche und plauderte fröhlich aus dem Nähkästchen.

„Oh, Signora, Rom ist die schönste Stadt der Welt! Es würde Ihnen sicher gefallen: der Sonnenschein, die Cafés in den Straßen, die netten Leute. Ich kenne niemanden, der Rom nicht liebt! Und die Piazza della Città Leonina nummero uno liegt in einem wunderbaren Viertel. Der Präfekt hat es gar nicht weit von dort aus zu seinem Dienstsitz, er muss eigentlich nur quer über den Petersplatz! Ach, der Petersplatz, Signora Agnes, ich sage Ihnen, Sie würden es lieben ...“ Er redete und redete und zog damit nicht nur Agnes in seinen Bann, sondern Frau Brenner gleich dazu.

„Und Sie fahren heute schon wieder zurück, Signore Ruffino?“ Agnes schien das ehrlich leid zu tun. Der Bursche setzte ein verschmitztes Lächeln auf.

„Sagen Sie Adriano zu mir, Signora, bitte! Ich bin gestern Abend schon in München eingetroffen, war noch ein bisschen unterwegs, mit Freunden, Sie verstehen, Signora. Dann habe ich gut geschlafen. Wenn alles verpackt ist, fahre ich wieder nach Hause. Signo-

rina Ratzinger bat mich, noch ein paar Dinge ihres Bruders für ihn mitzubringen, Bücherkisten und so weiter. Sie wüssten schon Bescheid, sagte sie. Ich kann Ihnen beim Zusammenpacken helfen, Signora!“, bot er an. Und Agnes ließ sich von seinem Charme einwickeln. Natürlich nahm sie seine Hilfe gern an.
Während die beiden packten und plauderten, verzog sich Frau Brenner wieder und ich machte mich über meinen Thunfisch her. Zum Glück hatte Agnes das vor lauter ‚Signora hier, Signora da‘ nicht vergessen. Und, ich hielt meine Ohren offen! Adriano wurde nicht müde, von Rom zu schwärmen. Von den vielen Gärten, alten Villen und Denkmälern. Und von den Kirchen.
„Santa Maria Maggiore, Signora, Santa Maria Maggiore ist die schönste Kirche überhaupt, viel lebendiger als der Petersdom, viel würdevoller, Signora, Sie würden sie lieben!“, schwärmte er. Ich wurde nachdenklich. Das klang wirklich alles wunderbar, ja, das gefiel meinem Kardinal sicher. Als ich satt war, strich ich Agnes noch ein paar Mal liebevoll um die Beine.
„Ach, das ist unsere Kitty, sie hat unseren Erzbischof auch ganz lieb gehabt“, erklärte sie lachend dem jungen Italiener. Doch anstatt mir den Kopf zu kraulen, ging er lieber auf Abstand.
„Mama Mia, ich mag diese Katzen nicht. Es gibt so viele davon, dass man verrückt werden könnte. Vor allem in Rom. Und dann ihre Haare – man hat sie überall!“
Er schüttelte sich angeekelt und ich machte, dass ich rauskam. Nein, ich wollte jetzt nicht darüber nachden-

ken, dass der einzige Italiener, den ich je zu Gesicht bekommen hatte, ebenjener Adriano nämlich, ausgerechnet kein Katzenfreund war. Heute, so viel stand jedenfalls fest, war mein Tag gekommen: Mein Abenteuer begann. Ob der Kerl mich nun leiden konnte oder nicht. Ich würde mich in den Wagen schleichen und mit ihm nach Rom fahren, so mein Plan. Eine so sichere und komfortable Gelegenheit kam sicher nicht wieder! Wahrscheinlich fuhr er die Bücherkisten und den anderen Kram direkt in die neue Wohnung meines Kardinals! Und seine Schwester Maria war auch schon da! Was bedeutete, dass auch meine Verpflegung gesichert war. Sie mochte Katzen, weil er sie mochte. Und sie mochte mich. Wenngleich sie das nicht immer offen zur Schau stellte. Das Glück war wirklich auf meiner Seite.

Voller Optimismus und Tatendrang versuchte ich, meinen Bruder Ottokar ein letztes Mal zu überreden. Ich fand ihn an seinem Lieblingsplatz im Hof.
„Komm doch mit!“, bat ich. „Zu zweit macht es sicher viel mehr Spaß!“ Doch Ottokar blieb hart.
„Auf gar keinen Fall, Kitty. Und du solltest das auch nicht machen!“
Doch ich hatte mich entschieden. Nein, ich wollte nicht bis zu meinem Ende von einem Leben träumen, das ich hätte haben können, wenn ich nur mutiger gewesen wäre. Ich wollte bei meinem geliebten Kardinal sein, egal, was und wo

er jetzt war. Und wenn ich dazu eben nach Rom reisen musste, dann würde ich das eben tun. Doch Ottokar sah das ganz anders.
„Das ist viel zu gefährlich!“, wandte er immer wieder ein. „Und auch viel zu anstrengend!“ Er war und blieb eben ein kleiner Feigling.
„Ich werde auf jeden Fall mitfahren!“, erklärte ich ihm. „Pass auf dich auf, Ottokar. Und auch auf Minu. Und, wenn es dir nichts ausmacht, vergiss mich nicht!“
Ottokar schluckte schwer, sagte aber nichts. Vermutlich hoffte er, dass ich es mir im letzten Moment doch noch anders überlegte. Ich stupste ihn liebevoll an die Nase. „Mach's gut, Ottokar!“
Dann, ehe ich noch ganz sentimental wurde, sprang ich auf die Ladefläche des Lastwagens. Ich hatte einen günstigen Moment abgepasst: Die beiden Männer, die unter der gestrengen Aufsicht von Sekretär Rudenz die Kisten verladen hatten, machten gerade Pause. Und wenig später, es war kaum zehn Uhr vormittags, schloss Adriano Ruffino mit einem lauten Knall die Türen. Als er den schweren Riegel von außen vorschob, wurde mir schlagartig bewusst: Jetzt gab es kein Zurück mehr. Ich versuchte, mich an den Namen zu erinnern, den mein unfreiwilliger Chauffeur vorhin zu Agnes gesagt hatte. Piazza della Irgendwas. Es fiel mir einfach nicht mehr ein. Während ich im Dunkeln hinter einer Bücherkiste hockte und grübelte, setzte sich der Wagen langsam in Bewegung. Der Lärm war viel schlimmer, als ich es mir vorgestellt hatte. Das Moto-

rengeräusch dröhnte mir in den Ohren, sodass mir gar nichts anderes übrig blieb, als mich fest auf etwas anderes zu konzentrieren. Wieder und wieder rief ich mir die Szene von vorhin in Erinnerung. Wie hatte Adriano das genannt? Piazza della Cattà, Piazza della Città, ja, das war es, zumindest fast. Als ich Adriano aus dem Führerhäuschen lautstark trällern hörte, fiel mir auch der Rest ein: Piazza della Città Leonina nummero uno. Direkt an einem großen Platz. Das musste ich mir merken.

Irgendwann sorgte das gleichförmige Rattern dafür, dass mir die Augen zufielen. Ich kuschelte mich, so gut es ging, in eine Ecke.

„Zollkontrolle ist Zollkontrolle!" Die harte Männerstimme riss mich abrupt aus dem Schlaf. Dann wurde die Hecktür auch schon mit lautem Knarren und Quietschen geöffnet. Schnell drückte ich mich noch ein bisschen fester an die Bücherkiste. Ich war zu weit vorn, stellte ich entsetzt fest. Wenn die beiden jetzt beschlossen, ins Wageninnere zu steigen, würden sie direkt über mich stolpern! Mit klopfendem Herzen beobachtete ich sie. Noch gingen sie irgendwelche Papiere durch und hatten ihren Blick deshalb abgewandt. Ich zögerte einen Moment, dann schlich ich mich vorsichtig weiter nach hinten. Lautlos schlängelte ich mich zwischen den Bücherkisten hindurch und wäre dabei fast vor den Notenständer gelaufen. Zum Glück konnte ich ihm im allerletzten Moment noch ausweichen. Mein Herz raste. Das hätte aber auch schiefgehen kön-

nen! Ich drückte mich zwischen zwei übermannsgroße Stapel Kartons. Es war eng und dunkel, doch hier, so hoffte ich, würden die beiden mich nicht entdecken.
„Alles, was hier drin ist, steht auch in den Listen!“, hörte ich Adriano dem Herrn in Uniform erklären. Der schien sich wirklich nicht weiter für Bücherkisten zu interessieren. Er ließ seinen Blick schweifen und schien zu überlegen, ob er sich wirklich jeden Karton einzeln vornehmen sollte oder nicht.
„Die Sachen gehören einem Kardinal?“, fragte er dann noch mal nach. Adriano Ruffino nickte. „Ja, einem Kardinal, genauer gesagt dem Präfekten der Kongregation für die Glaubenslehre!“
Der Uniformierte ließ sich davon auch nicht wirklich beeindrucken. Stattdessen fragte er: „Dann haben Sie bis Rom ja noch ein paar Stunden vor sich.“
Mein italienischer Chauffeur begann sofort wieder von seiner Heimatstadt zu schwärmen, was bei dem Uniformierten aber gar nicht gut ankam, wie ich aus meinem Versteck heraus beobachten konnte.
„Innsbruck ist auch eine schöne Stadt, selbst wenn sie nicht am Tiber liegt!“, kommentierte er die Lobeshymnen trocken und besah sich weiter in aller Ruhe seine Papiere.
„Scheint alles in Ordnung zu sein!“, befand er und zeigte abschließend auf zwei Reisetaschen und einen Korb, die ganz vorn standen. „Und was ist das? Das steht nicht auf der Liste! Zumindest der Korb nicht!“
Adriano wand sich sichtlich.
„Das sind nur meine persönlichen Sachen!“, behaup-

tete er. „Ich muss doch auch irgendwohin damit! Vorn stören sie nur!“
Der Uniformierte beließ es dabei und drückte Adriano die Papiere in die Hand. „Dann weiterhin gute Fahrt!“ Die Tür wieder zu schließen, überließ er dem Italiener.

Es dauerte eine Weile, bis sich mein Puls normalisierte, wir waren längst wieder unterwegs. Was nun? Unschlüssig sah ich mich nach etwas um, mit dem ich mir die Zeit vertreiben konnte. Ich inspizierte jeden Winkel des Wagens, doch damit war ich schnell durch. Dann begann mein Magen zu knurren. Mein Frühstück war Stunden her, außerdem hatte sich die Aufregung vor der großen Fahrt auf meinen Appetit ausgewirkt. Anders als sonst hatte ich fast die Hälfte des köstlichen Thunfischs übrig gelassen, was ich nun bitter bereute. Wenn ich hungrig war, konnte ich nicht gut denken. Auf der Suche nach etwas Fressbarem landete ich unweigerlich bei dem Korb, den Adriano Ruffino ganz vorn abgestellt hatte, denn aus ihm strömte ein Geruch, der mir bekannt vorkam. Ich durchstöberte ihn, und je tiefer ich vordrang, desto intensiver wurde der Duft: Leberkäse! Mir lief das Wasser im Maul zusammen. Dann hatte ich ihn aufgestöbert. Ob ich mich einfach bedienen durfte? Bestimmt hatte Adriano Ruffino etwas dagegen, überlegte ich, aber hatte ich eine andere Wahl? Noch zögerte ich, starrte das Objekt meiner Begierde lediglich an – eine Qual! Mein Magen knurrte. Der Wagen fuhr und fuhr und Adriano Ruffino dachte überhaupt nicht

daran, eine Pause einzulegen. Er hatte von Agnes sicher ein Proviantpäckchen mitbekommen, aber ich? Ich musste bei Kräften bleiben, schließlich hatte gerade das größte Abenteuer meines Lebens begonnen, rechtfertigte ich mich vor mir selbst. Dann schnappte ich mir entschlossen das Päckchen. Es dauerte eine Weile, bis ich den Leberkäse von dem Papier befreit hatte. Er schmeckte köstlich! Und erinnerte mich an daheim, genauer an Maria. Sie mochte Leberkäse nämlich genauso sehr wie ich. Ob sie ihn mir in Rom auch vorsetzen würde? Ich war so vertieft in meine Mahlzeit, dass ich gar nicht bemerkte, dass der Wagen erneut angehalten hatte. Wieder eine Zollkontrolle? Das wurde ja langsam ärgerlich! Ehe ich mich mit meinem Futter in eine Ecke verdrücken konnte, schnellte die Tür auf und Adriano Ruffino griff nach seinem Korb. Ich war so überrascht und verdattert, dass ich ihn einfach nur entsetzt anstarrte.
„Du?“, fuhr er mich an. „Was machst du hier?“ Dann fiel sei Blick auf das Papier. „Und was hast du getan? Der Leberkäse war für meine Mama!“
Ich starrte ihn an wie ein hypnotisiertes Kaninchen, unfähig, auch nur einen klaren Gedanken zu fassen. Ich war aufgeflogen!
„Hast du noch mehr gefressen?“ Da er sofort seinen Korb kontrollierte, war die Frage wohl eher rhetorisch gemeint. Seine Augen funkelten böse. Dass er Katzen nicht mochte, hatte er ja schon Agnes erzählt. Aber würde er so weit gehen und mir etwas antun? Ich zitterte von meinen Barthaaren bis zu den Krallen.

„Oh, ich könnte dir das Fell über die Ohren ziehen!“, drohte er und kam näher. Ich bekam es mit der Angst zu tun. Dann ging alles blitzschnell: Mit einem festen Griff packte er mich im Nacken. Ich mauzte entsetzt auf, doch das störte ihn nicht. Energisch hob er mich an und setzte mich vor die Tür. Er lockerte den Griff etwa einen halben Meter über dem Erdboden und zu meiner großen Überraschung landete ich weich auf einem Stückchen Rasen, direkt neben dem Lastwagen. Adriano Ruffino wandte sich von mir ab, schimpfte und fluchte. Dann schloss er mit einem lauten Knall die Tür.

„Blinde Passagiere nehme ich nicht mit!“, brüllte er. „Schon gar keine, die in meinen Sachen herumwühlen und meine Geschenke auffuttern! So ein unverschämtes Vieh! Hier in Trentino kriege ich doch nie echten bayerischen Leberkäse!“ Dann setzte er sich ans Steuer, ließ den Motor an und brauste davon. Und ich stand, immer noch betäubt von den sich überschlagenden Ereignissen, einsam und verlassen auf einem Parkplatz im Nirgendwo.

Ich weiß nicht mehr, wie lange ich den Rücklichtern hinterhergestarrt hatte. Mir kam es wie eine Ewigkeit vor, doch es können nur Sekunden gewesen sein. Ganz langsam beruhigte ich mich. Wenn ich jetzt die Nerven behielt, würde am Ende doch noch alles gut werden. Ich musste nach Rom, rief ich mir in Erinnerung, Piazza della Città Leonina, nummero uno. Das war das Wichtigste. Was hatte Adriano Ruffino

gesagt? Trentino? Ich hatte nicht die leiseste Vorstellung davon, wo ich war.
Plötzlich quietschten neben mir Reifen, ich sah ein Auto auf mich zurasen und mir blieb fast das Herz stehen, doch der Wagen hielt kurz vor mir mit quietschenden Reifen an. Was um Himmels willen war mit meinen Reflexen los? Dabei war ich doch sonst immer die Schnellste, wenn es um das Ausweichen vor Gefahren ging. Und überhaupt, wieso saß ich eigentlich noch auf der Straße? Ich musste wirklich sehr durcheinander sein! Schneller als mir lieb war, wurde eine Tür des Wagens geöffnet und ein kleiner Junge, vielleicht fünf, sechs Jahre alt, stürmte auf mich zu.
„Ist dir was passiert, Mieze?“, fragte er atemlos, und ehe ich mich versah, schnappte er mich und nahm mich auf den Arm.
„Hey, lass mich wieder runter!“, mauzte ich, doch natürlich verstand er mich nicht. Er schleppte mich einfach mit.
„Tim, lass die Katze runter!“, forderte ihn eine hübsche blonde Frau auf. Sie war aus dem gleichen Auto ausgestiegen und kam nun auf uns zu.
„Nein, Mama, sie ist bestimmt verletzt!“, widersprach er. „Guck mal, wie sie zittert!“ Aha, Tim hieß er also. Seine kleinen Finger klebten etwas, doch er strich mir damit beständig über den Kopf.
„Keine Angst, kleine Mieze, ich pass auf dich auf!“, versprach er mir und drückte mir einen Kuss auf die Nase, ehe ich meinen Kopf hätte wegdrehen können.
„Lass das!“, fuhr ich ihn an, doch das verstand er

erwartungsgemäß nicht. Außerdem war Tim mit seiner Mama beschäftigt.
„Wir können sie nicht hier lassen, Mama!“, erklärte er ihr. Er klang erstaunlich ernsthaft dabei. Und er dachte nicht daran, mich wieder freizugeben. Sollte ich die Krallen ausfahren und mich gewaltsam befreien? Irgendwas sagte mir, dass das keine so gute Idee war. „Ich habe es genau gesehen, Mama, der Mann hat sie aus dem Lastwagen geworfen! Er hat ihr sicher wehgetan!“
Seine Mama zog die Augenbrauen nach oben.
„Du hast eine blühende Fantasie, mein Schatz“, stellte sie trocken fest. „Und nun lass die Katze runter!“
Tim drehte sich um und marschierte bockig los. Was hatte er bloß vor?
„Ich nehme dich mit, hab keine Angst!“, flüsterte er mir ins Ohr. „Wir fahren nach Rimini in den Urlaub! Ich wollte schon immer eine Katze haben!“
Ehe ich mich versah, öffnete der kleine Frechdachs seinen Rucksack und steckte mich hinein. „Schön still bleiben, ja?“
Ich miaute. Dann wurde es dunkel, bevor es furchtbar zu schaukeln begann.
„Ich komme, Mama!“, rief Tim. Während er rannte, krallte ich mich, so gut es ging, im Futter fest. Meine Güte, diese Reise hatte es wirklich in sich. Und was dieser Tim da draußen veranstaltete, konnte ich nur ahnen. Er stellte den Rucksack ab, dann jaulte ein Motor auf.
„Geht es dir gut?“, flüsterte Tim durch den Rucksack

hindurch. „Wenn sie was merken, ist es zu spät. Zurück fährt Papa nämlich bestimmt nicht!“
Das klang irgendwie logisch. Ich war trotzdem mucksmäuschenstill. Nicht, weil ich nicht entdeckt werden wollte, sondern weil ich krampfhaft überlegte, wie ich aus dieser misslichen Lage wieder herauskam. Ich wollte nicht nach Rimini, wo immer das war! Ich musste nach Rom!
„Hast du Hunger?“, flüsterte Tim und öffnete die Klappe seines Rucksacks, sodass ich nicht mehr ganz im Dunkeln saß. Ich guckte neugierig nach oben, zwinkerte ein paar Mal. Ein Miau hielt ich für unpassend. Ob er mich verstanden hatte?
„Du kannst meinen Schokoriegel haben!“, wisperte er und ließ etwas Klebriges auf mich herabfallen. Ich konnte mich gerade noch wegducken, sonst hätte ich das Ding auf den Kopf bekommen! Vorsichtig schnupperte ich daran, während Tim mich von oben auffordernd ansah. Das roch ja grässlich! So was aßen Kinder? In unserem Palais hatte ich es ab und zu mit ein paar Ministranten zu tun gehabt. Aber gefüttert hatten die mich eigentlich nie. Auch die anderen Katzen nicht. Höchstens mal gestreichelt.
„Magst du das nicht?“ Nun klang er richtig besorgt. So besorgt, wie ich mich fühlte, denn mir war immer noch nicht klar, wie ich hier wieder rauskommen sollte.
„Tim! Was machst du denn da? Du hast doch wohl nicht etwa …“
Die Mama klang nun höchst ärgerlich.
„Was hat er, Marion?“, mischte sich jetzt unser Fahrer ein, von dem ich nicht einmal wusste, wie er aussah.

„Er wollte diese Katze unbedingt mitnehmen!", stöhnte sie. „Und er hat sie wirklich mit ins Auto gebracht! Himmel, Tim, das geht so nicht! Man kann doch nicht einfach so ein Tier von der Straße auflesen und mitnehmen!"
Von vorn hörte ich ein glucksendes Geräusch. Lachte er etwa? Das schien die Mama noch ärgerlicher zu machen.
„Ihr zwei müsst aber auch immer zusammenhalten, was?"
„Lass ihn doch, Marion! Er ist clever, das musst du zugeben! Ich freue mich nur, dass er zur Abwechslung mal dich aufs Glatteis geführt hat, statt es immer nur bei mir zu versuchen!"
Es schien ihn wirklich zu erheitern. Und ich mochte mir gar nicht weiter vorstellen, zu was dieser Zwerg von Mensch noch alles fähig war.
„Hör zu, Tim!", hörte ich den Herrn Papa sagen. „Wir nehmen sie mit nach Rimini und dort sehen wir weiter, einverstanden?"
„Aber, Papa, ich will sie behalten!", zeigte sich Tim keinesfalls dankbar für das Angebot. „Ich will sie mit nach Hause nehmen!"
„Ich will auch so manches, Tim, aber das geht nicht. Wir kriegen sie nie durch die Zollkontrolle. Und nun lass sie wenigstens aus deinem Rucksack raus, ja? Sie erstickt ja sonst noch!"
Das ließ sich Tim nicht zweimal sagen. Mit einem etwas zu festen Griff grabschte er nach mir und zerrte mich heraus.

„Aua!“, miaute ich, als er fast meinen Schwanz einklemmte. Der Bursche musste dringend an seiner Motorik arbeiten! Tim setze mich auf seinen Schoß und legte mir ein Kissen unter.
„Damit du es schön weich hast!“ Nun strahlte er richtig, seine kleine Hand fest in mein Fell gekrallt, starrte er aus dem Fenster. Und ich begann mich langsam zu sammeln. Gut, ich saß hier fest. Vorläufig. Aber, und das war die gute Nachricht, ich hatte eine neue Mitfahrgelegenheit gefunden. Ganz ohne Aufwand. Und bei Licht betrachtet, gar keine so schlechte. Neugierig reckte ich meinen Kopf hoch, um aus dem Fenster schauen zu können. Tim verstand das sofort als Aufforderung, mir ein zweites Kissen unterzuschieben. „Sonst siehst du doch gar nichts!“
„Wie ruhig und geduldig er plötzlich ist!“, hörte ich seinen Papa feststellen. Kicherte der schon wieder? Na, die hatten wohl tolle Erfahrungen mit ihrem Sohnemann gemacht! Tim jedenfalls war sehr zufrieden.
„Guck mal, da ist ein Lieferwagen aus Köln!“, erklärte er mir und zeigte auf ein Auto, das gerade an uns vorbeipreschte. „Das sieht man an dem Kennzeichen! Das kenne ich nämlich schon! Ich komme bald in die Schule und ich kann schon meinen Namen schreiben!“
Ich versuchte, anerkennend zu gucken, und stupste ihn freundlich mit der Nase an. Er bemühte sich um mich, das war offensichtlich. Und ich war keineswegs undankbar. Nur diesen furchtbaren Schokoriegel wollte ich nicht, den er mir jetzt schon wieder hinhielt.
„Katzen dürfen so etwas nicht essen, sonst bekom-

men sie Bauchschmerzen!“, mischte sich seine Mama ein. Ob sie Recht hatte, wollte ich allerdings nicht herausfinden und drehte mich weg.
„Du kannst ihr aber ein Würstchen aus der Proviantbox geben, wenn du magst!“, bot sie großzügig an. Das ließ sich Tim nicht zweimal sagen. Mit hektischen Bewegungen, die mich fast von meinen Kissen geschleudert hätten, kramte er die Box durch.
„Hier, das schmeckt dir bestimmt!“ Das Würstchen roch in der Tat sehr lecker. Ich leckte mir das Maul, dann biss ich zu.
„Pass auf, dass sie dich nicht kratzt, Tim!“, verlangte die Mama. „Wer weiß, ob sie nicht irgendwelche Krankheiten hat!“
Ich und krank? Das wäre mir aber aufgefallen! Empört mauzte ich auf.
„Sie sieht aber ganz gesund aus, Mama!“ Tim war nicht beizukommen.
„Guck mal, da ist der Kölner schon wieder. Papa holt jeden wieder ein!“
Plötzlich hupte der Wagen neben uns und vorn passierte etwas Erstaunliches. Der Papa hupte zurück. Aber nicht ärgerlich oder wütend, wie ich es manchmal in unserer Straße beobachtet hatte, nein, er winkte dem Fahrer neben uns nun sogar zu.
„Mensch, Marion, das ist doch Enrico, aus unserer Pizzeria!“

Nun guckte auch die Mama ganz neugierig zur Seite. „Ja, das ist er. So ein Zufall! Wo er nur hin will?"
„Bestimmt nach Hause!", mischte sich Tim ein und reckte sich hektisch nach vorn, um besser sehen zu können. Dann begann er wie wild zu winken und hin und her zu zappeln. Dieser Bengel gab vermutlich nie Ruhe. Ich hatte Recht, denn er plapperte schon weiter.
„Er hat mich gesehen!", posaunte er fröhlich. Ob das stimmte, konnte ich nicht sagen, Tim jedenfalls glaubte es. „Ich mag den Enrico, der ist supernett! Wenn wir in die Pizzeria gehen, kriegen wir immer den besten Tisch. Und ich immer eine Kugel Eis!" Tim starrte weiter zu dem Lieferwagen. „Enrico kommt eigentlich aus Italien!", fügte er noch hinzu.
„Was du dir alles merkst!" Sein Papa klang leicht amüsiert. „Aber du hast Recht, Tim, Enrico kommt aus Rom. Und auf der Autobahn hier kann man auch nach Rom fahren, wenn man nicht wie wir nach Rimini abbiegen will. Weißt du, wo Rimini liegt, mein Schatz?"
Während Tim irgendwas von der Adria erzählte, schrillten bei mir die Alarmglocken. Rom! Dieser Mann im Nachbarwagen, der nun vor uns fuhr, war auf dem Weg nach Rom. Da, wo ich hin wollte! Oh, was hätte ich dafür gegeben, bei ihm mitfahren zu können!
„Da drüben liegt Verona!", riss mich Tim aus meinen Gedanken. „Und als Nächstes kommt Reggio nell' Emilia!" Er sprach den Namen ganz langsam aus, gerade so, als hätte er ihn auswendig gelernt. Ich schnurrte anerkennend und bedauerte zutiefst, dass ich außer einer Straße und unendlich vielen Autos so gar nichts

von diesem gelobten Land Italien mitbekam. Aber Dank Tim bekam ich wenigstens die Route erklärt.
„Wir sollten vor Bologna noch eine Pause machen. Was haltet ihr davon?“, meldete sich nach einer gefühlten Ewigkeit Tims Mama wieder zu Wort. Sie erntete keinen Widerspruch.
„Sieh mal, Enrico blinkt, der will bestimmt auf den Rastplatz hier. Wollen wir gleich hinterher? Der nächste ist ja schon Bologna und wer weiß, vielleicht ist der hier besser. Enrico fährt die Strecke sicher öfter als wir!“
Ich spürte, wie das Auto langsamer wurde. Dann bogen wir rechts ab und steuerten zielsicher die Parklücke neben dem weißen Lieferwagen an. Tim konnte es kaum erwarten, bis sein Papa den Motor ausgeschaltet hatte.
„Am besten bleibst du hier drin, damit dir nichts passiert!“, sagte er zu mir. Ich mauzte empört auf. „Nein, auf keinen Fall! Ich will raus!“
Ich krallte mich an Tims Jacke fest.
„Nimm die Katze mit raus, Tim!“, forderte seine Mama. „Vielleicht muss sie mal ihr Geschäft verrichten! Auf eine derartige Schweinerei hier im Wagen können wir gut verzichten!“
„Okay, Mama!“, zeigte sich Tim erstaunlich schnell einsichtig und hob mich vorsichtig aus dem Auto. Dann ließ er mich zu Boden, um diesen Enrico zu begrüßen, der den Jungen in den Arm riss und sich ehrlich zu freuen schien. Ganz offensichtlich kannten sie sich sehr gut, denn seine Eltern unterhielten sich sofort angeregt mit ihm.

„Na, auch auf dem Weg in den Urlaub?“, hörte ich den Papa fragen, der diesem Enrico, der Tim immer noch fest im Arm hielt, freundschaftlich auf die Schulter klopfte.
„Ich fahre heim zu meiner Mama!“, strahlte der junge Mann, den ich mir nun genauer besah: dunkle, nach hinten gekämmte Haare, in die er eine auffällige Sonnenbrille geschoben hatte, was ihn irgendwie merkwürdig aussehen ließ. So, als ob er ein Paar riesige reflektierende Augen oben auf dem Kopf hätte.
„Ach, Rom ist sicher auch herrlich!“, mischte sich nun die Mama ein und ich spitzte die Ohren. Enrico nickte und knuddelte Tim erneut.
„Rom ist die schönste Stadt auf der Welt!“, verkündete er. Das hatte ich doch schon mal gehört, schoss es mir durch den Kopf. Scheinbar herrschte Einigkeit unter den meisten Leuten, die die Stadt kannten, was das betraf. Ein gutes Zeichen? Immerhin lebte mein Kardinal jetzt dort. Mein Kardinal! Meine Stimmung kippte augenblicklich. Ich wollte zu ihm, am liebsten auf der Stelle. Diese Reise machte wirklich keinen Spaß und sie barg ungeahnte Gefahren. Weder Minu noch Murr hatten etwas von Zollkontrollen und dunklen Laderäumen erwähnt. Und von der Gefahr, irgendwo in der Fremde ausgesetzt zu werden. Oder gar von Hunger und Durst. Hätte ich mich doch bloß von diesem verflixten Leberkäse ferngehalten! Dieser Adriano Ruffino war sicher schon fast in Rom angekommen. Direkt bei meinem Kardinal, in dessen neuem Zuhause. Und ich? Ich saß auf einem weiteren

Autobahnrastplatz vor einer Stadt namens Bologna fest. Wie weit es noch bis Rom war, konnte ich mir nicht im Entferntesten vorstellen. Ich hatte das Gefühl, schon eine Ewigkeit unterwegs zu sein. Tage mindestens, wenn nicht Wochen. Dabei war es erst heute Morgen gewesen, dass ich mich von Ottokar verabschiedet hatte.
Das Gespräch der Menschen driftete ab, sie redeten über Ausflugsmöglichkeiten in Rimini und das Wetter, während ich mich unbemerkt davonmachte. Ich musste vorsichtig sein, wenn ich mich bei Enrico einschleichen wollte. Tim durfte auf keinen Fall etwas mitbekommen, sonst würde er sicher ein Riesentheater veranstalten.
„Wo läuft sie denn hin?" Mist, Tim hatte es sofort gemerkt.
„Sie wird sich in die Büsche schlagen oder möchtest du, dass dir jemand zusieht, wenn du auf der Toilette sitzt?" Die Frau war wirklich gut, wenn es darum ging, dem Burschen irgendwie zu kontern.
Ich tat so, als würde mich das alles nichts angehen und stolzierte nun erhobenen Hauptes zur Wiese. Das Gras war viel höher, als es von Weitem ausgesehen hatte, aber das kam mir zupass. So konnte Tim mich wenigstens nicht länger beobachten. Ich schlich mich ein ganzes Stückchen nach links und hoffte, so auf der anderen Seite von Enricos Auto herauszukommen. Wie ich gesehen hatte, stand die Fahrertür weit offen. Enrico selbst stand mit Tim und dessen Eltern vor deren Auto. Wenn es mir also gelänge, unbemerkt aus

dem schützenden Gras heraus über den Fußweg zu huschen, sollte es mir möglich sein, diesen Wagen zu erreichen. Zum Glück scherzte Enrico weiter mit Tim. Er hatte offensichtlich einen Narren an dem Jungen gefressen.
„Und du bleibst vier Wochen in Rom?", fragte Tim. Enrico bejahte fröhlich. Der Mann freute sich auf seine Mama, wie süß! Vielleicht hatte er ja auch Mitleid mit einer armen, kleinen Katze wie mir? Nach meinen Erfahrungen mit Adriano Ruffino waren mir diese jungen italienischen Männer irgendwie suspekt. Ich zögerte noch ein paar Augenblicke und rannte in dem Moment los, als ein unglaublich großer Lastwagen auf der anderen Seite des Parkplatzes seinen Motor anließ. Mein Plan ging auf, ich konnte unbemerkt über den Weg huschen, weil Tims Aufmerksamkeit und die der Erwachsenen gleich dazu abgelenkt war. Als ich den Wagen erreicht hatte, sprang ich mit einem Satz auf den Fahrersitz. Hier musste ich mich erst einmal orientieren. Von außen hatte der Wagen viel größer ausgesehen. Vorn befanden sich zwei Sitzplätze, dahinter war ein Vorhang angebracht, der in der Mitte zweigeteilt war. Vorsichtig lugte ich durch den Schlitz. Es war dunkel, aber wir Katzen sehen selbst bei wenig Licht exzellent. Koffer standen herum, ein paar Kartons, auf denen ein Fernsehapparat und andere Dinge abgebildet waren. Alles in allem war der Laderaum vielleicht halb gefüllt. In der äußersten Ecke hinter dem Beifahrersitz erspähte ich eine Decke und einen Kasten mit einem roten Kreuz darauf. Ich schlängelte mich durch

den Spalt hindurch und versuchte, nirgendwo anzuecken. Nicht, dass ich versehentlich noch etwas umwarf, was mir hinterher zum Verhängnis wurde. Ja, die Ecke war der einzig mögliche Platz, entschied ich. Dann machte ich es mir auf der Decke gemütlich. Ich war mir sicher, dass diese Stelle vom Fahrersitz aus kaum zu sehen war. Ich musste mich unbedingt still verhalten, nahm ich mir vor. Keinesfalls durfte ich noch einmal den gleichen Fehler machen. Als ich Tim draußen nach mir rufen hörte, klopfte mein Herz bis zum Hals. Irgendwie tat es mir leid, dass ich den kleinen Kerl nun so einfach ignorierte. Ich konzentrierte mich ganz fest auf mein Ziel: Rom. Und auf die Stimme meines geliebten Kardinals. Ich hörte ihn in meinen Gedanken meinen Namen rufen und stellte mir ganz fest vor, er würde meinen Kopf kraulen. Dann hörte ich Geräusche in der Fahrerkabine. Im Gegensatz zum Lastwagen bekam ich hier alles mit. Mein Fahrer war eingestiegen.

„Lass sie laufen, Timmi!“, riet Enrico. „Es gibt so viele Katzen hier in Italien, ganz besonders in Rom. Wenn du keine Lust mehr auf die Adria und Rimini hast, dann komm mich doch mit deinen Eltern besuchen. Dann zeige ich dir ganz viele Katzen, versprochen!“

Ob Tim sich mit dieser Aussicht abspeisen lassen würde, bezweifelte ich. Im Grunde war er ja ein nettes Kerlchen. Und wenn ich nichts weiter vorgehabt hätte, dann hätte ich ihn vielleicht sogar in dieses Rimini begleitet. Doch ich hatte andere Pläne. Enrico ließ den Motor an, dann setzte sich der Wagen in Bewegung. Richtung Rom, so hoffte ich.

„Bitte, jetzt lass bloß nichts mehr schiefgehen!“, flehte ich inständig. Das monotone Geräusch, die ganze Aufregung, ich fühlte mich plötzlich unendlich erschöpft. Ich schloss meine Augen – und war wenig später weggeschlummert.

Die Kirchen von Rom

Fünf Stunden und genauso viele Pausen später war es mit meiner Ruhe vorbei; die Fahrt wurde unruhiger und der Lärmpegel stieg. Enrico begann zu schimpfen und lenkte hektisch. Da draußen war offenbar ganz schön was los. Nur was? Waren wir da? Aufgeregt versuchte ich, etwas durch den Schlitz des Vorhangs zu erspähen. Vorsichtig versteht sich, denn auf den letzten Metern noch hinausgesetzt zu werden, fehlte mir nun gerade noch. Die Sonne war bereits untergegangen, trotzdem sah ich, dass Enrico das Fenster heruntergeleiert hatte. Warmer Wind wehte herein. Wenigstens lag hier kein Schnee, registrierte ich. Das machte es leichter. Piazza della Città Leonina, rief ich mir in Erinnerung. Doch wie sollte ich dorthin gelangen? Ich verdrängte das mulmige Gefühl, dass sofort bei diesem Gedanken in mir aufstieg, so gut ich konnte. Das Wichtigste war jetzt, dass ich es bis hierher geschafft hatte – ich war in Rom! Der Rest, so hoffte ich, würde sich finden.

Es dauerte noch eine ganze Weile, bis der Wagen abrupt zum Stehen kam. Enrico schaltete den Motor ab und sprang aus dem Wagen. Wir waren am Ziel. Ich wartete noch ein paar Sekunden, dann traute ich mich hinaus. Die Tür, so stellte ich fest, hatte Enrico wieder verschlossen, dafür war das Fenster noch heruntergekurbelt. Ich sprang auf den Fahrersitz und dann mit etwas Anlauf und aller Kraft aus dem Wagen. Das Pflaster war hart und uneben. Ich machte einen Satz, dann sauste ich davon. Ich flitzte die schmale Gasse bis zum Ende, dann flüchtete ich in einen Hauseingang. Nein, er hatte nichts mitbekommen, und mir war auch niemand auf den Fersen. Jetzt endlich glaubte ich es: Ich war tatsächlich in Rom angekommen. Meinen Kardinal zu finden, war die letzte Herausforderung, der ich mich stellen musste, doch das, so redete ich mir ein, war auch nicht unmöglich. Ich hatte es bis hier geschafft! Minu und Ottokar wären stolz auf mich. Bei dem Gedanken an die beiden wurde mein Herz schwer. Ob sie mich vermissten? Nein, ich wollte jetzt nicht daran denken. Ich lief lieber los. Die Gasse war dunkel und kaum befahren. Ich bewegte mich auf dem Fußweg und marschierte erst einmal geradeaus. Je weiter ich ging, desto belebter wurde die Gegend. Ich drückte mich an der Hauswand entlang, um nicht weiter aufzufallen, denn nun kreuzten immer mehr Passanten meinen Weg. Sie lachten und scherzten und registrierten mich, wenn überhaupt, nur am Rande. Als ich weiter vorn viele Lichter und Autos sah, bog ich sicherheitshalber rechts ab.

„Na? Auch auf der Suche nach einem Schlafplatz?"
Ich fuhr fauchend herum, den dicken braunen Kater, der sich von links heranpreschte, hatte ich gar nicht kommen hören.
„Ich muss zur Piazza della Città Leonina!", sagte ich.
Mein Gegenüber beäugte mich kritisch. Als ich schon dachte, er würde mir gar keine Antwort mehr geben, begann er zu grinsen.
„Wo kommst du her?", fragte er geradeheraus.
Womit hatte ich mich verraten? Unruhig machte ich ein paar Schritte nach vorn, doch der Braune tippelte mir hinterher.
„Aus München!", ließ ich mich dann doch zu einer Antwort herab. Doch damit schien er nichts anfangen zu können.
„Das ist weit weg", erklärte ich.„Ziemlich weit weg sogar. Ich habe den Umzugswagen verpasst, nun muss ich die Adresse allein finden."
„Rom ist groß, meine Freundin!", orakelte der Braune.„Sehr groß. Und es gibt viele Katzen hier. Zu viele, für meinen Geschmack. Am besten denkst du gar nicht über deine früheren Besitzer nach, meine Liebe. Es ist nicht ungewöhnlich, dass sie uns nicht mitnehmen, wenn sie umziehen!"
Wie war der denn drauf? Und was dachte er von mir? Oder von meinem Kardinal? Doch der Braune sprach ungerührt weiter.
„Ich für meinen Teil schlage mich jetzt zu den Ruinen durch. Dort lebe ich nämlich, seitdem meine Besitzer mich nicht mehr haben wollten. Es ist ruhig und sicher, keine

Autos und jede Menge Klatsch und Tratsch. Selbst für das Futter ist gesorgt! Komm doch mit!“, schlug er vor.
„Nein, danke!“, entgegnete ich hastig. „Du irrst dich! Ich bin keine herrenlose Katze! Ich muss meinen Kardinal finden! Er musste umziehen, weißt du! Er freut sich, wenn er mich sieht, ganz bestimmt! Kannst du mir nicht einfach sagen, wie ich zur Piazza della Città Leonina nummero uno komme?“
Der Braune lächelte mich mitleidig an. „Wie heißt du?“, fragte er dann.
„Kitty!“, antworte ich brav. Der Braune lächelte weiter.
„Du bist sicher noch sehr jung, Kitty. Lauf los, versuch dein Herrchen zu finden. Aber sei nicht zu enttäuscht, wenn er dich nicht mehr haben will. Glaub mir, manchmal ist es besser, einen Schnitt zu machen und von vorn anzufangen!“
Langsam wurde ich ungeduldig. „Weißt du nun, wo die Piazza della Città Leonina ist oder nicht?“, unterbrach ich sein Geplapper. Der Braune schüttelte den Kopf. „Bedauerlicherweise nicht. Wenn du die Straße weitergehst, landest du an einer riesigen Basilika, Santa Maria Maggiore. Es ist nicht sehr weit, ein paar Minuten vielleicht. Dort treiben sich auch ein paar Streuner herum. Vielleicht fragst du die einfach mal!“, schlug er vor.
„Eine Basilika? Was ist das?“, fragte ich.
Der Braune grinste wieder und erinnerte mich damit immer stärker an Murr. Der hatte die Weisheit auch mit der Muttermilch aufgesogen.
„So etwas wie eine Kirche, nur viel größer!“, setzte der Braune zu einer Erklärung an.

„Eine Kirche?“, unterbrach ich ihn wieder. „Das ist gut! Mein Kardinal ist oft in der Kirche! Er arbeitet praktisch dort. Na ja, zumindest manchmal!“

„Es gibt hunderte Kirchen in Rom, fast so viele wie Katzen!“, dämpfte der Braune sofort meinen Optimismus. Trotzdem stand mein Plan fest: Ich würde mich zunächst zu dieser großen Kirche durchschlagen.

„Wie heißt du eigentlich?“, fragte ich den Braunen. Es schien mir geboten, mich wenigstens höflich zu zeigen, auch wenn ich keineswegs vorhatte, unsere Freundschaft zu vertiefen.

„Romero“, antwortete er und schnurrte. „Die Familie, bei der ich einige Zeit lebte, hat mich so genannt!“

Auch wenn er so tat, als würde ihn das alles nichts angehen, spürte ich deutlich, dass er seine Familie vermisste. Sie hatten ihn ausgesetzt, wie furchtbar! In meinem Fall hatte ja nur die Brenner verhindert, dass ich offiziell mit umziehe. Plötzlich dachte ich an den kleinen Tim. Er würde meine Flucht verkraften, hoffte ich, und bedauerte, ihn nicht mit Romero bekannt machen zu können. Der Braune schien Familienanschluss zu schätzen, egal, was er behauptete.

„Ich geh dann mal!“, verabschiedete ich mich. Romero machte keinerlei Anstalten, mir zu folgen.

„Wenn du ihn nicht findest, deinen Menschen, meine ich, dann frag nach den Ruinen von Torre Argentina. Die kennt jede Katze in Rom. Abends und nachts wirst du mich dort finden!“

Ich nickte, weil ich nicht wusste, was ich sonst dazu hätte sagen sollen, und machte, dass ich weiterkam.

Romero hatte Recht, nach ein paar Minuten tauchte ein imposantes Gebäude vor mir auf. Das musste diese Kirche sein. Sie war in der Tat riesig. Allein der Platz vor der Kirche war beeindruckend. Ihn zierte eine hohe Säule. Dann der Glockenturm! Ich musste meinen Kopf weit in den Nacken legen, um ihn in seiner vollen Größe sehen zu können.

„Er ist der höchste von ganz Rom!", vernahm ich neben mir eine leise Stimme. War der Braune mir gefolgt?

„Du bist zum ersten Mal hier, stimmt's?" Ich wandte meinen Blick nur ungern ab. „Ja", murmelte ich.

„Ich bin Donna", stellte sich die kleine getigerte und reichlich strubbelige Katze vor, die sich neben mich geschlichen hatte. „Wo kommst du denn her?"

Dass alle Katzen neugierig waren, wusste ich ja, deshalb beantwortete ich ihre Frage kurz und knapp.

„Meine Güte, dann hast du aber schon eine Reise hinter dir. Pass auf, gleich erklingt eine der Glocken!"

Wie auf Bestellung läutete es. Nicht unangenehm, jedoch sehr laut.

„Das ist nur eine von fünf Glocken!", erklärte Donna weiter. „Sie erklingt jeden Abend um neun und mahnt damit die Gläubigen!"

„Zu was denn?", hakte ich nach, ohne meinen Blick abzuwenden.

„Weiß nicht, das sagen die Reiseführer immer den Touristen!"

Aha, da hatte sie ihr Wissen also her, ganz schön schlau!
„Ich muss zur Piazza della Città Leonina", sagte ich. Klar, diese Basilika war großartig, doch ich wollte endlich zu meinem Kardinal. Angucken konnte ich mir das alles doch später auch noch.
„Ich kenne mich mit Adressen nicht so aus, was soll das denn sein?", fragte Donna. Immerhin war sie ehrlich. Ich beschrieb ihr meinen Kardinal und erwähnte, dass er sicher oft in die Kirche ging.
„Weißt du, wie viele Kirchen es in Rom gibt?" Donna schüttelte bedenklich den Kopf.
„Ja, das sagte man mir schon. Aber vielleicht hast du ihn ja doch gesehen? Er trägt oft eine schwarze Soutane, das ist ein langes Gewand. Und eine rote Bauchbinde!"
Donna überlegte einen Moment. „Im Laterano gehen solche Leute ein und aus. Hier nicht so oft, hier gibt es mehr Touristen. Ich bin oft dort. Sehr groß, sehr imposant. Lass mich überlegen. Was hatten die Führer immer gesagt? San Giovanni in Laterano ist eine der wichtigsten Kirchen in ganz Rom, verstehst du?"
Ganz offensichtlich war sie ziemlich scharf darauf, mit ihrem Wissen zu glänzen.
„Und wie komme ich dahin?", fragte ich.
Auf die Frage schien Donna nur gewartet zu haben. „Du musst einfach da vorn in die Via Merulana rechts einbiegen und geradeaus laufen. Nur eins, zwei Minuten. Dann biegst du rechts in die Via Labicana ein. Von dort links in die Via dei Normanni und nach wenigen Metern links in die Via di San Giovanni in

Laterano. Und dann bist du schon da. Es ist nicht weit und, glaub mir, du kannst San Giovanni gar nicht übersehen. Die Basilika ist riesig!"
„Und dort finde ich meinen Kardinal?", fragte ich hoffnungsfroh. Diese ganzen Straßennamen schwirrten in meinem Kopf ganz durcheinander. Und keine davon hieß wie die Straße, in der mein Kardinal nun wohnte. Wie war das? Rechts, rechts, links, links?
„Na, jetzt wirst du ihn dort wohl nicht finden!", vermutete Donna. „Es ist ja schon spät. Um die Zeit sind solche Leute nicht mehr unterwegs. Außerdem haben die Kirchen geschlossen! Versuch es morgen früh! Dann herrscht zwar mehr Betrieb, aber wenn du vorsichtig bist und nicht auf die Straße läufst, dann sollte es kein Problem sein."
Unschlüssig sah ich mich um. Was sie sagte, klang einleuchtend, auch wenn ich das ungern zugab.
„Dann bleibe ich eben einfach hier, bis es hell wird!", beschloss ich und tigerte unschlüssig zu der großen Säule auf dem Platz. Dort ließ ich mich nieder.
„Ein schöner Platz!", bestätigte mir Donna und gesellte sich zu mir. Offensichtlich suchte sie Gesellschaft, also unterhielt ich mich mit ihr, obwohl in mir eine bleierne Müdigkeit aufstieg.
„Der Platz hier vor der Kirche ist einzigartig, glaub mir. Wusstest du, dass die Mariensäule ein ganz beliebter Treffpunkt für Roms Katzen ist?", wurde Donna nicht müde, mir zu erklären. „Hier gibt es immer was zu sehen und jede Menge Unterhaltung."
Ich schüttelte schläfrig den Kopf. „Nein, hätte ich nicht

gedacht!", murmelte ich. Die Anspannung der letzten Stunden fiel von mir ab, ich war in Rom, endlich angekommen, und doch noch so weit von meinem eigentlichen Zeil entfernt. Ob ich es je schaffen würde? Mit einem Mal sank mir der Mut. Mein Magen knurrte und ich war so müde. Doch Donna plapperte und plapperte.

„Die Mariensäule stammt aus der Maxentiusbasilika am Forum Romanum. Früher gab es mal acht solcher Säulen!" Sie legte eine Kunstpause ein, dann sprach sie weiter. „Sie wurde schon 1613 hierher gebracht. Kannst du dir das vorstellen? Vor so vielen Jahrhunderten?"

Mir waren inzwischen die Augen zugefallen, Hunger hin oder her. Ich schüttelte den Kopf. „Nein, kann ich nicht", miezte ich leise. Dann schlummerte ich weg und verpasste damit den Rest von Donnas Vortrag.

Ein schriller Pfiff riss mich aus dem Schlaf. Was um alles in der Welt war das? Verschreckt sah ich mich um – wo war ich eigentlich? Und was waren das für Leute, die wie aufgescheuchte Hühner um einen Mann mit einer lustigen Fahne in der Hand und dieser schrillen Trillerpfeife im Mund herumliefen? Nun kamen sie auch noch zu mir herüber und starrten mich an. Zumindest ein paar von ihnen.

„Guck mal, eine kleine Katze! Wie süß! Sie hat bestimmt hier an der Mariensäule geschlafen!", hörte ich eine ältere Dame sagen, während mein Verstand krampfhaft versuchte, Ordnung in dieses Wirrwarr aus

Eindrücken und Erinnerungen zu bringen. Richtig, ich war in Rom, wurde mir bewusst. Und auch, dass es hier vermutlich keinen Thunfisch zum Frühstück gab. Mein Magen knurrte wie wild, ich vermied es für gewöhnlich, hungrig schlafen zu gehen. Neugierig sah ich mich um. Als eine der älteren Damen ihre Hand ausstreckte und mich streicheln wollte, nahm ich Reißaus. Ich flüchtete zwischen den Beinen der Passanten hindurch zum Hauptportal. Doch hier herrschte noch mehr Gedränge und alle schienen gleichzeitig hineinzuwollen. Ich verdrückte mich in eine halbwegs geschützte Nische an der Fassade und wartete. Wenn hier so viele Menschen vorbeikamen, dann vielleicht auch mein Kardinal? Doch Fehlanzeige. Nicht ein einziger Besucher sah aus wie ein Priester. Unschlüssig tigerte ich zur Mariensäule zurück. Von Donna fehlte auch jede Spur. Vielleicht sollte ich doch zu dieser anderen Basilika gehen? Ich versuchte, mich an den Namen zu erinnern. Auch wenn ich die halbe Fahrt im Wagen nichts anderes getan hatte, als mir wieder und wieder den Straßennamen meines Kardinals vorzusagen, so hatte ich mit diesen andersartigen Straßennamen so meine Schwierigkeiten. Die fingen sogar schon bei Gebäuden an, denn wie diese Basilika eigentlich hieß, zu der ich laufen sollte, war mir auch entfallen. Ich schlenderte ein paar Mal um die Säule herum.
„Na, hast du Hunger?“ Plötzlich flog ein Stückchen Wurst mir direkt vor die Pfoten. Der ältere Herr, der sein Frühstück mit mir teilte, lächelte mir freundlich zu. Eben biss er selbst in den Rest der Wurst, die in

einer Art Brötchen klemmte. Sie roch verführerisch. Kaum angefangen, konnte ich mich kaum noch bremsen. Ausgehungert schlang ich das Stück Wurst in mich hinein. Leider war mein edler Spender schon weitergegangen, noch bevor ich überhaupt versuchen konnte, ihm auch den Rest der Wurst abspenstig zu machen. Ich entdeckte ihn ein Stückchen weiter und, vom Hunger getrieben, tippelte ich ihm nach.
„Der Bus fährt uns jetzt nach San Giovanni in Laterano", hörte ich ihn zu der grauhaarigen Frau neben ihm sagen, während er sich das letzte Stückchen Wurst in den Mund schob. Enttäuscht und immer noch hungrig sah ich zu. Doch Moment, wie war das? Laterano? Das war es! Gerade verschwanden der freundliche Herr samt Frau und Reisegruppe im Bus. Wenn ich jetzt einen Sprint einlegte, konnte ich es noch schaffen. Ich flitzte los. Doch vor lauter Besuchern kam ich nicht so schnell voran, wie ich es mir vorgestellt hatte. Als ich an der Straße ankam, war der Bus bereits angefahren. Mist, ärgerte ich mich. Das wäre die perfekte Mitfahrgelegenheit gewesen. Um nicht noch unter die Räder zu kommen, wandte ich mich von der Straße ab und trottete zurück über den Platz. Plötzlich stand ich wieder an der Stelle, an der ich gestern Abend Donna getroffen hatte. Wie war das mit der Wegbeschreibung noch mal? Rechts einbiegen? Irgendwo da vorn. Kurzentschlossen lief ich los. Mehr als mich verlaufen konnte ich schließlich nicht. An der Ecke angekommen, marschierte ich, wie von Donna beschrieben, kurze Zeit geradeaus und bog dann die nächstmögliche Stra-

ße nach rechts ab. Nun noch mal links? Unschlüssig stand ich an der Kreuzung. Ja, ich hätte schwören können, sie hatte links gesagt. Oder doch rechts? Je länger ich nachdachte, desto unsicherer wurde ich. Am Ende beschloss ich, meinem ersten Gefühl zu vertrauen und wandte mich nach links. Nach wenigen Minuten erreichte ich eine Querstraße und sah sie von dort aus: die Basilika San Giovanni in Laterano. Donna hatte Recht: Sie war riesig. Wenngleich nicht ganz so hübsch wie die Marienkirche von eben. Dafür erschien sie mir mächtiger.
„Na, hast du dich hergefunden?“ Von einer kleinen Umfassungsmauer eines Mietshauses unweit der Basilika sprang mir Donna entgegen. „Du hast Glück“, meinte sie. „Ich habe vorhin eine Horde schwarz gekleideter Männer reingehen sehen!“, erzählte sie mir ganz aufgeregt. Ich guckte sie fragend an.
„Na, du hast doch gesagt, du suchst jemanden in so einem langen schwarzen Gewand mit rotem Bauchdings.“
Ich spürte, wie mein Herz zu hämmern begann. Hatte ich ihn endlich gefunden? Ohne weitere Diskussion folgte ich Donna zum Eingang und murrte nicht einmal, als sie zu einem neuerlichen Vortrag ansetzte.
„San Giovanni in Laterano, auch einfach nur Lateranbasilika genannt, ist die eigentliche Bischofskirche von Rom!“, sagte Donna und warf mir einen prüfenden Blick zu. „Wie heißt du eigentlich?“, fragte sie plötzlich.
„Ähm, ich? Kitty.“

„Das interessiert dich doch, Kitty, oder?“, hakte sie nach. Was war denn jetzt los? Spielte sie vielleicht gern Lehrerin?
„Ich kenne mich in Rom nicht aus und bin dankbar für alles, was ich von dir lernen kann!“, versicherte ich ihr zuckersüß. Sie schien zufrieden und fuhr mit ihren Ausführungen zur Lateranbasilika fort. Sagte ich schon, dass diese Basilika riesig ist? Und je näher wir kamen, desto riesiger wurde sie.
„San Giovanni in Laterano ist eine der vier Papstbasiliken hier in Rom, Kitty. Sie ist die eigentliche Kathedrale von Rom, weil diese Kirche der Sitz des Bischofs von Rom ist!“
Bischof? Nun wurde ich hellhörig. „Mein Kardinal war Erzbischof in München, bevor er nach Rom kam!“, erklärte ich Donna. Meine Hoffnung stieg, ihn hier in dieser Basilika zu treffen. „Vielleicht arbeitet er ja hier?“, sprach ich meine Vermutung aus.
„Aber, Kitty! Weißt du denn nicht, wer das ist – der Bischof von Rom?“ Sie sah mich kopfschüttelnd an. „Na, der Papst, Kitty, der Papst ist neben allem, was er sonst noch ist, auch Bischof von Rom. Alles klar?“
Ich nickte. Der Papst also. Der Papst, der meinen Kardinal nach Rom gerufen und mir damit diesen ganzen Schlamassel eingebrockt hatte. Ob der eigentlich wusste, was er mir damit angetan hatte? Vermutlich nicht. Während ich vor mich hin sinnierte, plapperte Donna ungerührt weiter. Zum Glück merkte sie nicht, dass ich nicht mehr ganz bei der Sache war.
„Dort hinten“, deutete Donna in Richtung einer Säule,

„gibt es in der Wand einen Durchbruch. Für Menschen viel zu klein, aber für uns Katzen eine ideale Abkürzung, um in die hinteren Räume zu gelangen. Wenn es richtig kalt wird, ist man dort prima geschützt. Es zieht nicht, und es kommt niemand rein. Einige von uns nutzen diese Zwischenräume auch, um ihre Jungen aufzuziehen, einen besseren Ort gibt's nicht. Da die Kirche immer wieder umgebaut wurde, gibt es eine Menge verschachtelter Gänge und verbauter kleiner Räume, die im Prinzip für die Menschen nutzlos sind."

Ich staunte, die Katzen hier waren ziemlich auf Draht. Und sie wussten sich zu helfen.

Donna stupste mich in die Seite. „Siehst du die tolle Fassade?"

Ich folgte ihrem Blick. Ja, hübsch, wirklich.

„Hinter den Statuen gibt es ein paar Mäuselöcher. Das wissen nur die wenigsten!" Donna räkelte sich selbstbewusst. „Wenn ich mal Lust auf eine Maus habe, dort finde ich immer welche. Aber sag's nicht weiter, ja?"

Ich versprach es und überlegte einen Moment, ob ich nicht Lust auf eine Maus hatte. Doch jetzt jagen? In einer Kirche oder auch nur davor? Besser nicht, beschloss ich, während Donna munter weiterplapperte. So interessant das alles auch war, ich hatte anderes zu tun. Nämlich nach meinem Kardinal Ausschau halten.

„Da, Donna, da kommen ein paar Priester!" Die langen, schwarzen Soutanen erkannte ich sofort. Ohne zu zögern, flitzte ich los. Ich folgte der kleinen Gruppe bis zur Straße, wo sie in ein Auto stiegen. Doch noch bevor ich etwas Unüberlegtes tun konnte, erkannte ich, dass mein Kardinal nicht unter ihnen war. Völlig außer Puste blieb ich am Straßenrand sitzen.

„Komm, wir schleichen uns rein. Drin sind noch mehr davon!“ Donna hatte sich unbemerkt neben mich gesetzt und sah mich nun mitleidig an.

„Du willst ihn unbedingt finden, nicht wahr?“

Ich nickte. Ja, ich wollte ihn finden, lieber jetzt als gleich. Ich mochte nicht mehr heimatlos umherirren. Außerdem hatte ich immer noch Hunger.

„Dann los!“, forderte mich Donna auf und zusammen schlichen wir uns unbemerkt zum Haupteingang der Basilika. Es dauerte nicht lange, und wir huschten mit einer kleinen Gruppe Schwestern hinein.

„Huch, sieh doch mal, die beiden Katzen! Ach, seid ihr süß. Kommt doch mal her ...“ Donna zischte mir etwas zu, dann sauste sie davon. Und ich huschte wie ein Blitz hinterher. Nein, jetzt war nun wirklich nicht der richtige Zeitpunkt für weitere Streichelattacken. Den Schwestern entkommen, streiften wir suchend durch den prächtigen Innenraum. Die Malereien an den Wänden, die schiere Größe des Ganzen – ich war mächtig beeindruckt.

Donna genoss meine Überwältigung sichtlich. „Schau mal da!“ Sie deutete nach vorn. „Solche Männer hast du doch gesucht, oder?“

Ja, nun sah ich sie. Sechs Männer in langen Roben unterhielten sich vor dem Seil, welches den hinteren Teil der Basilika absperrte. Ich schlich mich an. Sie redeten über die Päpste, die hier bestattet wurden. Einer erklärte, die anderen hörten zu. Und Donna spitzte gebannt die Ohren, während seine Erklärungen an mir schlichtweg vorbeirauschten. Ich bewegte mich langsam und unhörbar um sie herum. Meine Enttäuschung stieg von Minute zu Minute. Als ich jedem von ihnen ins Gesicht geschaut hatte, war ich am Boden zerstört. Ich flüchtete in eine Ecke. Er war nicht dabei! Da saß ich nun hier, mitten in einer der bedeutendsten Kirchen der Welt, in der gleichen Stadt wie mein geliebter Kardinal und war doch mutterseelenallein!

„Nicht traurig sein, kleine Kitty!“ Donnas Angewohnheit, praktisch lautlos neben mir aufzutauchen, machte die Sache auch nicht besser.

„Wie soll ich ihn denn jemals finden?“, fragte ich verzagt.

„Wir treffen uns dann in zwei Stunden auf dem Petersplatz!“, hörte ich einen der Männer sagen. „Dort treffen wir den Rest der Gruppe und besichtigen den Vatikan.“

Plötzlich stupste mich Donna an.

„Du musst in den Vatikan gehen, Kitty!“, sagte sie. „Ich selbst war nie dort, aber wenn du ihnen folgst, kommst du sicher an. Dort, das habe ich gehört, wohnen sie!“

Donna wies auf die Männer in ihren Soutanen. „Jede Menge davon soll es dort geben. Auch der Papst wohnt dort!“

Das klang nach einem guten Plan. Ich schöpfte neue Hoffnung.

„Der Vatikan ist nicht groß“, fuhr Donna fort. „Es ist der kleinste Staat der Welt, mitten in Rom!“ Die Män-

ner bestaunten indes die Malereien, während Donna und ich Richtung Portal schlichen.
„Wenn du ihn dort nicht findest, Kitty, dann komm einfach wieder zurück. Ich bin meistens hier!“, verabschiedete sich Donna und gab mir einen aufmunternden Stups mit der Nase. „Du schaffst es bestimmt! Du bist schon so weit gereist, gib nicht auf den letzten Metern auf!“
Ihre mahnenden Worte im Ohr, marschierte ich den beiden Herren, die sich zuerst verabschiedet hatten, hinterher. Ihre Soutanen wehten im leichten Wind, der mir warm und angenehm um die Nase strich. Die beiden marschierten rechts in eine Querstraße hinein und ich hinterher. Nach ein paar hundert Metern bogen sie wieder links ab. Ich hatte noch nie in meinem Leben jemanden verfolgt und beschloss, etwas Abstand zwischen uns zu lassen. Hatte mir Minu nicht mal erklärt, dass man dabei bloß nicht auffallen durfte? Ich wartete ein paar Sekunden, dann huschte ich hinterher. Und erkannte meinen fatalen Fehler: Sie waren weg! Wie vom Erdboden verschluckt, denn die Straße, die sich nun vor mir auftat, war zum einen deutlich mehr befahren als die vorherigen, und zum anderen gabelte sie sich in gleich mehrere Straßen auf. Wo waren sie hingegangen? Bei der Menge der Passanten, die auf den Fußwegen entlanghetzten, und aus meiner Perspektive war es praktisch unmöglich, etwas zu erkennen. An der nächsten Kreuzung angekommen, stoppte ich unsicher. Rechts oder links? Ich hatte mich verlaufen! Ich flüchtete zunächst an die

Hauswand, hier schien es mir am sichersten, schon weil die meisten Leute überhaupt nicht aufpassten, wo sie hintraten oder wohin ihre Taschen schaukelten. Ich entschied mich für die rechte Straße und drückte mich an der Hauswand entlang. Die beiden Männer in ihren schwarzen Gewändern waren nirgends zu sehen. Die Straße, auf der ich nun umherirrte, war zwar weniger von Fußgängern bevölkert, der Bürgersteig war auch viel schmaler als der zuvor, dafür schien sich der Verkehr auf der Straße verdreifacht zu haben. Wo die ganzen Autos, die sich hupend voranschoben, auf einmal hergekommen waren, war mir ein Rätsel. Gedankenversunken irrte ich weiter bis zu nächsten Kreuzung. Links oder rechts? Um nicht im Kreis herumzulaufen, schlug ich mich zwischen den Autos hindurch auf die andere Straßenseite durch und marschierte nach links.

„… ja, Via Celimontana!“, hörte ich plötzlich eine vertraute Stimme. Das konnte doch nicht wahr sein!

„Nein, nein, Signorina Ratzinger, es dauert nicht mehr lange, bin gleich da. Ja, ich habe meine Mama besucht, dort geschlafen. Es ist ein bisschen später geworden, gestern. Aber kein Problem, ich komme sofort. Nur der Verkehr, Signorina, der Verkehr!“

Der weiße Lastwagen stand mitten im Weg und blockierte die rechte Spur. Und während sich die anderen Autos hupend daran vorbeischoben, rief Adriano Ruffino über mir in einen Telefonhörer. Ich war so überrascht, dass ich ihm fast rührselig um die Beine gestreift wäre. Der Mann war vielleicht meine Rettung!

Doch sofort tauchte sein wütendes Gesicht in meiner Erinnerung wieder auf. Nein, er durfte mich nicht noch einmal in die Finger bekommen! Schließlich hatte ich seiner Mama den Leberkäse weggefuttert. Leberkäse! Mein Magen knurrte unsäglich.
„Ja, ja, Signorina, ich kenne den Weg, kein Problem!“, redete er Maria ein. Doch offensichtlich glaubte die ihm kein Wort.
„Ich weiß, ich wurde bereits gestern erwartet, ich sage doch, ich musste Mama besuchen ... der Weg? Ja, Signorina. Die Via Annia hinauf, links Richtung Piazza Celimontana, über die Via Claudia und die Via Celia Vibanna links Richtung Via di San Gregorio ... Signorina, ich bin hier geboren, ich weiß, wie ich zur Piazza della Città Leonina komme!“
Mein Verstand ratterte, während Adriano noch mit Maria diskutierte. Ich musste in diesen verflixten Umzugswagen gelangen! Ob er wohl die Fahrertür offengelassen hatte? Die Gefahr im Nacken, schlich ich mich unter dem Wagen hindurch auf die Straße. Dort kam ich keinen Millimeter weiter. Die Autos rauschten nur so an mir vorbei. Nein, so ging es nicht. Zurück auf dem Bürgersteig, hatte Adriano Ruffino sein Telefonat beendet. Er schulterte eine Tasche und ging zum Heck. Ich hinterher. Irgendwie ahnte ich, was jetzt kommen würde. Er öffnete die Hecktüren und ich preschte mich an der Seite vorbei, schlug einen Haken über die Straße. Der blaue Kleinwagen, der angefahren kam, hupte wie wild, doch ich war längst weg. Und Adriano Ruffino abgelenkt. Ich mobilisierte meine letzten Re-

serven und sprang direkt an ihm vorbei in den Laderaum, während sich Adriano gestenreich dafür rechtfertigte, mit seinem Lastwagen im Weg zu stehen, von meiner Aktion hatte er ja zum Glück nichts mitbekommen. Ich rettete mich hinter einen Stapel Bücherkisten. Und nur Sekunden später wurden die Türen mit einem lauten Knall verschlossen. Mein Herz raste. Das hätte auch furchtbar schiefgehen können. Ich hörte Adriano Ruffino den Motor starten, dann legte ich mich erschöpft auf den Boden.

Diese letzten Meter, die mich noch von der sagenhaften Piazza della Città Leonina trennten, erschienen mir wie eine Ewigkeit. Zunächst machte ich mich daran, mich zu putzen. Schließlich sollte mein geliebter Kardinal mich nicht wie die Brenner einen Wischmop nennen, wenn wir uns endlich wiedersahen. Ich konnte kaum glauben, dass ich erst vor weniger als zwei Tagen in München gestartet war! Minu, Ottokar – ihr wärt stolz auf mich, dachte ich. Ob sie mich schon vergessen hatten? Nein, nicht daran denken, sagte ich mir. Mein neues Leben stand in den Startlöchern, und ich wollte jetzt an nichts anderes denken. Der Wagen fuhr und stoppte, immer wieder. Plötzlich fuhr er nicht wieder an, im Gegenteil. Adriano Ruffino schaltete den Motor aus. Waren wir endlich angekommen?
Dann ging alles sehr schnell. Ich hatte ihn gar nicht um den Wagen herumlaufen hören, da vernahm ich plötzlich eine vertraute und so schmerzlich vermisste Stimme.

„Schön, dass Sie uns doch noch gefunden haben, Seniore Ruffino!"

Mein Herz raste, dann hörte ich, wie sich jemand am Heck zu schaffen machte. Ich atmete tief durch, dann marschierte ich los. Keine Sekunde zu früh. Die Sonne blendete mich, als sie gleißend in den Laderaum fiel, doch ich ließ mich nicht beirren. An dem verdutzten Adriano Ruffino vorbei, der mich anstarrte, als sei ich eine Fata Morgana, steuerte ich zielsicher meinen geliebten Kardinal an.

„Kitty?", staunte der nicht schlecht. „Ja, sag mal, Kitty, haben sie dich etwa auch in eine Kiste verpackt?" Er warf meinem unfreiwilligen Chauffeur einen missbilligenden Blick zu, wie nur er missbilligend gucken konnte. Für mich gab es nun aber kein Halten mehr. Glücklich stürzte ich mich auf ihn und landete direkt vor seinen Füßen. Der Moment, in dem er mich hochhob und fest an sich drückte, war der allerschönste in meinem Leben. Adriano, die Bücherkisten, Maria, die lächelnd neben uns stand, all das war nun unwichtig. Ich schnurrte glücklich vor mich hin.

„Georg sagte mir gar nicht, dass er dich mitschicken will!", stellte mein Kardinal fest, als er mich in seiner Wohnung auf den Boden setzte. „Er sagte, du würdest lieber in München bleiben wollen, bei deiner Familie." Er schaute mich prüfend an. „Du hast dich hineingeschlichen, Kitty, nicht wahr?"

Ich verzichtete auf eine Antwort, er hatte ja gar keine Vorstellung, was ich auf mich genommen hatte, um bei ihm zu sein. Doch es hatte sich gelohnt! Ich schlich

ihm zärtlich um die Beine. Wie ich das vermisst hatte! Er offenbar auch, denn schon zog ein Lächeln über sein Gesicht. „Dachte ich es mir doch, dass du an mir hängst. Ich sag dir was, Kitty, ich habe dich auch schrecklich vermisst!“
Diese Worte entschädigten mich für alles! Nie zuvor war ich so allumfassend glücklich gewesen.
„Du musst doch halb verhungert sein!“, stellte mein Kardinal plötzlich fest. Tatsächlich, sogar meinen Hunger hatte ich vor lauter Glück vergessen. Doch er hatte Recht und ich miaute zustimmend.
„Dann komm, Kitty! Wir haben sicher etwas Thunfisch für dich im Haus.“

Zu Hause in der Ewigen Stadt

Zwei Nächte und fünf Mahlzeiten später hatte ich mich eingelebt. Ich war selbst verblüfft, wie schnell das ging.

„Magst noch ein Schälchen Milch?“ Maria bemühte sich sehr, es mir so angenehm wie möglich zu machen. Natürlich glaubten sie und mein Kardinal, dass ich die Reise nach Rom im Umzugswagen eingesperrt erduldet hatte. Von meinen wirklichen Abenteuern ahnten sie nichts. Mich jedoch hatten meine Erlebnisse mutiger gemacht, als ich es mir je vorgestellt hätte.

Ich schlabberte also meine Milch und sonnte mich auf der großen Terrasse. Das Wetter hier war schlichtweg sensationell: warm, angenehm und trocken. Dazu die Sonne, die hinter den Baumkronen hervorlugte und unsere Terrasse in gleißendes Licht hüllte. Schnell hatte ich mir ein Lieblingsplätzchen ausgesucht.

„Kitty, wie erträgst du nur diese Mittagshitze?“ Maria seufzte und tupfte sich die Stirn ab. Sie tat sich mit dem Eingewöhnen viel schwerer als ich. Und die Wärme, die ich schon jetzt nicht mehr missen wollte, schien sie auch nicht wirklich zu mögen.

„Ach, weißt du, Kitty, ich vermiss unser Bayern schon arg!“

In München hatte ich keinen so engen Kontakt zu ihr gehabt; hier änderte sich das sofort. Was wohl daran lag, dass sie selbst offenbar noch nicht viele Leute hier kannte. Deshalb redete sie viel mit mir,

und ich tat alles, um sie ein bisschen glücklicher zu machen.
Ich genoss unser Zusammenleben, auch wenn das tägliche Einerlei schnell in Routine umschlug und Rom als solches seinen Reiz verlor. Letztendlich, so erkannte ich, war auch die Ewige Stadt nur eine Stadt. Wenngleich eine ganz besonders schöne. Und seinen Tagesablauf änderte mein Kardinal nun noch lange nicht, auch wenn er nun nicht mehr Kardinal war. Neuer Titel hin oder her, er stand pünktlich um sechs Uhr auf und verließ nach einem guten Frühstück um neun das Haus. Gegen Mittag kehrte er wieder heim, um mit uns, nun ja, mit seiner Schwester natürlich, zu speisen. Dann ging er wieder fort, um erst am Abend heimzukehren. Doch dann gehörte er mir! Eins, zwei Stunden blieben uns meist doch noch. Wenn er Bücher las, was er immer sehr konzentriert tat, und es sich dabei auf dem Ledersofa gemütlich gemacht hatte, sprang ich auf seinen Schoß und kuschelte mich an ihn. Und wenn er am Schreibtisch saß, um neue Manuskripte zu verfassen, nahm ich zu seinen Füßen Platz und passte auf, dass er es mit dem Arbeiten nicht übertrieb. Spätestens wenn die nahe Uhr des Glockenturms zehn Mal schlug, gab ich ihm das Zeichen zum Aufhören. Schließlich musste auch mein Kardinal mal schlafen! Aber manchmal spielte er auch Klavier. Dann nahm ich auf dem Sofa Platz und träumte glücklich vor mich hin, denn dann war es so wie früher: Ich stellte mir vor, er spiele nur für mich.

Doch so gemütlich mein Leben nun auch verlief, irgendwann kam der Moment, wo ich es in der Wohnung nicht mehr aushielt. Ich musste mir dringend die Pfoten vertreten. Mein Kardinal war gerade im Begriff, das Haus zu verlassen, also war die Gelegenheit günstig.

„Na, Kitty, willst du mitkommen?“, lachte er, als er mein Vorhaben durchschaute. Dem Mann konnte man einfach nichts vormachen! Ich miaute ihm freundlich zu, dass ich unbedingt mal Auslauf brauchte, doch leider verstand er mich nicht. Menschen und Katzensprache, das passte eben einfach nicht zusammen. Deshalb folgte ich ihm einfach. Wir verließen unser Haus und marschierten direkt auf einen großen Platz zu, auf dem ganz schön was los war. Dann quer drüber und hinein in ein anderes großes Gebäude. Mein Kardinal brauchte sich gar nicht nach mir umzudrehen; ich wollte nicht riskieren, in dem Getümmel verloren zu gehen, schon deshalb hielt ich mich ganz nah bei ihm. Angekommen staunte ich: Geschäftiges Treiben herrschte in diesen Räumen, die eigentlich alle wie unser Arbeitszimmer aussahen.

„Hier sind unsere Büros“, erklärte mein Kardinal lächelnd. Dann ging er auf einen hageren Mann mittleren Alters zu. „Conrad, meine Katze wollte heute unbedingt mitkommen.“ Ich warf diesem Conrad einen aufmunternden Blick zu und umschmeichelte ihn.

„Du bist ja eine ganz Kesse!“, lachte dieser und kraulte mich am Kopf. Ich hatte sein Herz im Sturm erobert.

Nach und nach freundete ich mich mit so ziemlich allen Mitarbeitern meines Kardinals an, und schon bald konnte ich mich vor Leckereien nicht mehr retten. „Römische Katzen sind sehr scheu, die lassen sich nicht streicheln“, klärte mich Conrad auf. „Du bist da schon ein anderes Kaliber!“ Und ich tat alles, um diesem Ruf gerecht zu werden. Ließ mich ausgiebig kraulen, freute mich über die Wollknäuel und Stoffmäuse, die einige Damen für mich mitbrachten, und versuchte, meine Aufmerksamkeit so gleichmäßig wie möglich zu verteilen. Ich ging in den Büros ein und aus, ebenso wie in unserer Wohnung. Da ich den Fahrstuhl nicht mochte, verlegte ich mich darauf, über den Baum vor der Terrasse einzusteigen, was für einen Kletterkünstler wie mich kein wirkliches Problem darstellte. Um meine liebe Maria nicht in Angst und Schrecken zu versetzen, die ein ungeregelter Tagesablauf in ihr auszulösen schien, ging ich nach einiger Zeit zu einer gewissen Routine über. Damit kam sie eindeutig besser klar. Eine Nacht pro Woche streifte ich nun draußen herum, so konnte ich meine Kontakte zu anderen Katzen pflegen. Natürlich passte ich am Anfang höllisch auf, dass ich mich nicht verlief. Ich erweiterte mein Revier Stück für Stück, deshalb dauerte es Wochen, bis ich mich zum ersten Mal aus unserem Viertel heraustraute, und weitere, bis ich einen sicheren Weg nach San Giovanni in Laterano fand.
„Na, hast du deinen Menschen gefunden?“ Donna wiederzusehen, war großartig. Dass sie sich immer noch an mich erinnerte!

„Ja, ich habe ihn gefunden und ich lebe jetzt bei ihm!“, erzählte ich ihr stolz. Im Schatten der großen Basilika kamen ganz ungewollt Erinnerungen an meine erste Nacht in Rom wieder hoch – was für ein Glück ich doch hatte, dass ich damals ausgerechnet auf Donna getroffen war! Dann erzählte ich ihr, wie es mir ergangen war. Sie war sichtlich beeindruckt und wir zogen eine Weile vor der Basilika umher.
„Komm, wann immer du willst!“, forderte sie mich auf, als ich mich wieder verabschiedete. Noch war ich etwas aufgeregt, doch ich fand den Weg ohne Probleme zurück. Derart ermutigt, erkundete ich Rom immer weiter: den Tiber, das Kolosseum und die vielen Plätze der Stadt. Nur die Katzenkolonie suchte ich nicht auf. Vielleicht weil ich nicht so genau wusste, was ich Romero hätte sagen sollen. Aus irgendeinem Grund wollte ich ihn nicht wiedersehen, also machte ich um das Forum Romanum einen großen Bogen.

Als ich das Gefühl hatte, mich gut genug auszukennen, verloren auch diese Streifzüge ihren Reiz und ich konzentrierte mich darauf, was in meiner Nähe passierte. Im Erdgeschoss unseres Wohnhauses befand sich ein Geschäft, in dem allerlei Krimskrams verkauft wurde: Andenken, die vor allem Touristen erwarben, um sich an unser schönes Rom zu erinnern. In den Nachbarhäusern befanden sich ganz ähnliche Geschäfte und so wurde es vor dem Haus auch nie langweilig. Ich beobachtete die Leute, die aus aller Herren Länder kamen, und kannte die Ladenbesitzer schon bald alle.

Fast täglich schlenderte ich nun durch das alte Viertel gegenüber dem Petersplatz, dem Borgo Pio, wo mich bald jeder kannte. Mein Kardinal tat das wohl genauso gern wie ich, denn manchmal, am Nachmittag, trafen wir uns dort sogar und spazierten zusammen ein Stück. Ich war die weiße Katze, die sich auch gern mal streicheln ließ, das sprach sich herum.
Jeden Freitag, meist am späten Nachmittag, brach mein Kardinal zu einem ganz besonderen Termin auf: Er besuchte den Heiligen Vater und berichtete ihm von seiner Arbeit. Das hatte ich aufgeschnappt, als er mit seiner Schwester darüber sprach. Allein die Erwähnung dieses Mannes löste in mir durchaus gemischte Gefühle aus: Er hatte ihn mir schließlich schon einmal weggerufen! Deshalb gab ich an diesen Abenden ganz besonders Acht, dass mein Kardinal auch nach seinem Treffen wieder heimkam. Zum Glück tat er das auch, wenngleich sich so mancher Termin wie Kaugummi in die Länge zog. Zumindest für mich. Denn wenn ich etwas fast noch mehr hasste als Regenwetter und Kälte, so war es untätiges Warten.

Einmal, ich lebte inzwischen schon ein paar Jahre in Rom, kam ich von meinem Streifzug ein wenig später heim. Es war Donnerstagmorgen und die Sonne war noch nicht ganz aufgegangen. Ich huschte gerade über den Campo Santo, den deutschen Friedhof in Rom, wie ich herausgefunden hatte, als mein Kardinal um die Ecke spaziert kam. Um diese Uhrzeit? Es war ja fast noch dunkel! Von der mir eigenen Neugier getrieben, folgte ich ihm zu einer Kirche. Was wollte er hier? Er verschwand im Innern, und da ich ihm mit einem gewissen Abstand gefolgt war, war die Tür zu, bevor ich hindurchhuschen konnte. Sehr ärgerlich! Suchend schaute ich mich um und hatte Glück. Ein paar junge Männer, Studenten dem Aussehen nach, hetzten auf die Tür zu und ich nutzte meine Chance und huschte mit ihnen hinein. Drin herrschte gespenstische Ruhe. Ein paar Menschen saßen trotz der frühen Stunde in den Kirchenbänken. Die Studenten nahmen ziemlich weit vorn Platz. Ich beobachtete alles aus einer kleinen Nische weiter hinten. Da war er, mein Kardinal! In vollem Ornat, wie ich bewundernd feststellte. Und er hielt ganz offensichtlich eine Messe! Wie aufregend! Früher hatte mir Minu nur davon erzählt, dass ein Kardinal so etwas bisweilen tat, doch selbst erlebt hatte ich das in all den Jahren nie. Mein Herz klopfte bis zum Hals und ich verlor mich schnell in tausend Gedanken: mein Kardinal, unsere Zeit in München, Minu und Ottokar ... was wohl aus ihnen geworden war? Ich hatte schon so lange nicht mehr an sie gedacht, doch seine Wurzeln vergisst selbst eine Katze wie ich niemals, egal, was man uns nachsagt. Als die Orgel aufheulte, war ich so erschrocken, dass ich reflexartig einen Satz nach vorn machte. Eine schlechte Idee, denn dort saß, ganz in ihr Gebetbuch versunken, eine alte Nonne. Ich landete direkt auf ihr. Sie schrie auf, ich fauchte vor Schreck und somit war uns die volle Aufmerksamkeit der versammelten Besucher einschließlich der meines Kardinals sicher.

„Eine Katze? Hier? Heilige Madonna …“ Die alte Nonne war völlig außer sich, während ich schnell versuchte, den Schaden wiedergutzumachen. Ich stupste sie liebevoll mit meinem Kopf an, was sie bedauerlicherweise nur noch nervöser machte.
„Ist jemand zu Schaden gekommen?“, hörte ich plötzlich meinen Kardinal sagen. Natürlich hatte er mich inzwischen registriert und schüttelte ganz leicht den Kopf. Oh, seinen Unwillen zu erregen, war so ziemlich das Letzte, was ich wollte. Leise miaute ich eine Entschuldigung.
„Wenn alle wieder ihre Plätze eingenommen haben, können wir jetzt ja anfangen! Und damit meine ich auch die Vierbeiner!“, stellte er sachlich fest, doch ich sah selbst auf die Entfernung, dass seine Augen lächelten. Er war nicht böse! Welch ein Glück! Auf Samtpfoten verzog ich mich an die Seite und passte auf, dass ich keinem mehr in die Quere kam und sich auch sonst nichts und niemand in meiner Nähe befand. Dann lauschte ich seiner Stimme. Ich hörte ihn einfach zu gern reden! Als er fertig war und die Besucher verabschiedete, wagte ich mich wieder in seine Nähe. Gerade hatte er noch mit den verspäteten Studenten einige Worte gewechselt, nun wandte er sich der alten Nonne zu und sprach mit ihr. Ich blieb sicherheitshalber ein paar Meter abseits stehen. Als er fertig war, sah er mich aufmunternd an.
„Orgelklänge sind wohl nichts für Katzen!“, stellte er fest. Und zusammen gingen wir nun wieder heim zum Frühstück, wo wir von Maria bereits erwartet wurden.

Seit jenem Donnerstag hielt mein Kardinal regelmäßig die Frühmesse, und ich machte es mir zur Gewohnheit, ihn bereits auf dem Campo Santo zu erwarten, wenn er dort erschien. Ich saß auf dem Friedhof und hielt Ausschau nach ihm, und wenn er kam, streichelte er mich, bevor er in die Kirche ging. Ich zog es dann allerdings vor, draußen zu warten, denn er hatte absolut Recht: Diese Orgel war definitiv nichts für meine empfindlichen Ohren.

So vergingen weitere Jahre, und ich wurde zu einer waschechten römischen Katze mit festem Wohnsitz in der Piazza della Città Leonina uno und geregeltem Tagesablauf. Unser Gleichklang wurde nur selten unterbrochen. Die Feiertage bildeten eine Ausnahme und natürlich, wenn mein Kardinal in den Urlaub fuhr. Dann versorgte mich eine nette Schwester namens Antonella, und ich zählte die Tage, bis mein Kardinal und Maria endlich wieder heimkamen. Doch dann passierte eine Tragödie ungeahnten Ausmaßes, die nicht nur mein Leben, sondern vor allem das meines Kardinals in den Grundfesten erschütterte: Seine geliebte Schwester Maria kehrte von einem Heimaturlaub an Allerheiligen nicht mehr heim. Sie war ganz plötzlich verstorben, wie mir Antonella erklärte, die natürlich sofort einsprang, denn mein Kardinal reiste unverzüglich nach Deutschland ab. Als er heimkam, lag eine nie gekannte Traurigkeit auf ihm.
„Ich werde sie immer vermissen!", murmelte er und kraulte mich dabei gedankenverloren. In den Wochen

und Monaten nach ihrem Tod blieb ich jeden Abend bei ihm. Nach außen hin verbarg er seinen Schmerz, er arbeitete weiter, wie er es immer getan hatte, doch mir machte er nichts vor. Und das wusste er auch.
„Vierunddreißig Jahre, Kitty, vierunddreißig Jahre. Das sind zwei oder drei Katzenleben. Kannst du dir das vorstellen? Sie hat mich auf allen Stationen begleitet, ohne zu murren. Immer für mich gesorgt …"
Ich vermisste sie ebenfalls ganz schrecklich, denn so lieb und nett Schwester Antonella auch war, Maria war nicht zu ersetzen. Niemand konnte meinem Kardinal so einen Apfelstrudel backen, wie er seinem Bruder Georg anvertraute. Dazu kam, dass Antonella seiner Schwester Maria auch in keinster Weise glich. Sie war gebildet und klug und geistreich und zum Glück liebte sie Katzen, aber optisch war sie das genaue Gegenteil: groß, dunkelhaarig und sehr füllig. Eine echte Italienerin. Sie kochte für ihr Leben gern, am allerliebsten römische Gerichte, und fütterte mich viel zu reichlich. Aber wer war ich, dass ich mich darüber beschweren würde?
„Na, Kitty, musst wohl langsam auch mal Diät halten!", zog mich Georg schon langsam auf.
Wenn er da war, kam mein Kardinal gar nicht oft dazu, Klavier zu spielen, da half es auch wenig, wenn ich ab und zu ganz provokativ auf dem Klavierdeckel hin- und herspazierte. Nur manchmal hatte er dann ein Einsehen und tat mir den Gefallen.
„Sie liebt Mozart!", stellte auch Georg fest, der oft und gern von seinen Regensburger Spatzen berichtete, die

ganz hervorragend trällerten. Wenn er dann die entsprechenden Aufnahmen abspielte, war das für meine Ohren allerdings wenig entspannend: viel zu viele Stimmen, die viel zu laut in viel zu merkwürdigen Tönen sangen. Nein, da verzog ich mich lieber!

Seit jenen traurigen Ereignissen war es mir allerdings gar nicht mehr recht, wenn mein Kardinal verreiste. Ein komisches Gefühl in der Magengegend sagte mir, dass das, was mit Maria passiert war, auch ihm jederzeit passieren konnte. Eine unheimliche Vorstellung, der ich mich machtlos ausgeliefert fühlte. Zum Glück kam Georg uns nach seiner Pensionierung öfter besuchen, was meinem Kardinal richtig guttat. Doch im Sommer gönnte er sich mit Georg zusammen trotzdem eine Auszeit abseits von Rom. Ein paar Mal versuchte ich, mich einzuschleichen, allerdings war er viel zu aufmerksam, um das nicht zu bemerken. Einem Adriano hatte ich seinerzeit etwas vormachen können, aber meinem Kardinal? Niemals. Deshalb blieb ich immer allein mit Schwester Antonella zurück, die nun außer mir niemanden mehr hatte, den sie nach Herzenslust bekochen konnte. Entsprechend freudig stürzte sie sich auf mich, und ich musste höllisch aufpassen, dass ich nicht noch runder wurde. Sie meinte es halt einfach nur zu gut.

Es war ein heißer Sommer in jenem Jahr. Und ein feuchter. Die Wolkenbrüche mit Donner und Blitz strapazierten meine Nerven erheblich. Und sie sorgten dafür, dass ich mehr Zeit daheim verbrachte, als mir lieb war. Nässe war eben nicht mein Fall. Als es dann mal einen Abend nicht regnete, entschlüpfte ich auf die Terrasse. Feste Wochentage gab es für meine Ausflüge nicht mehr, seit Maria nicht mehr bei uns weilte. „Pass auf, Kitty, das gibt nachher noch ein Gewitter!“, mahnte mich Schwester Antonella. Manchmal glaubte ich fast, dass ihre Ohren sogar noch besser waren als meine. Ich hatte die Tür doch ganz vorsichtig aufgestupst! Der Frau entging aber auch gar nichts. Ich miaute ihr fröhlich zu und machte, dass ich wegkam. Mit einem entschlossenen Sprung landete ich auf einem Ast, sprang auf den nächsten und von dort runter vom Baum. Ich liebte diese Kletterei. Ich lief über den Hof zur Straße und wanderte gedankenverloren vor mich hin, als mich die ersten Regentropfen trafen. Mist, Schwester Antonella hatte doch Recht behalten! Ärgerlich schaute ich mich nach einem Unterschlupf um, allzu nass wollte ich ja schließlich nicht werden. In einem Hinterhof wurde ich fündig. Bis dahin war ich allerdings schon tüchtig durchweicht. Ich quetschte mich zwischen zwei umgeworfene Mülltonnen, der Gestank war ekelerregend. Aber immer noch besser, als noch länger nass zu werden. Wäre ich doch nur daheimgeblieben! Plötzlich hörte ich es: ein Wimmern, ganz leise und doch ganz in meiner Nähe. Ich blickte angestrengt ins Dunkel, konnte aber nichts erkennen. Das Wimmern hatte inzwischen aufgehört, hatte ich es mir vielleicht nur eingebildet? Nein, da war es wieder! Da ich nun ohnehin nass war, machte ich mich auf die Suche. Auf einer Kellertreppe stand ein kleiner Karton. Das Wimmern, so war ich mir nun sicher, kam direkt aus dieser Kiste. Und es hörte sich nach einem Katzenbaby an. Während der Regen auf mich niederprasselte und grelle Blitze den römischen Himmel in bizarres Licht tauchten, überlegte ich fieberhaft. Das Wimmern hatte zwischenzeitlich wieder aufgehört. Ich wartete noch einige Augenblicke, dann sah ich nach und staunte nicht schlecht.

„Was machst du denn hier draußen bei dem Mistwetter?", fragte ich so freundlich wie möglich. Ein Katzenbaby hatte sich in einer Ecke zusammengerollt und starrte mich aus großen, grünen Augen an.

„Die wollen mich nicht haben!", wimmerte es.

„Wer?", fragte ich.

„Die Menschen!", jammerte sie. „Sie wollen mich einfach nicht haben!"

Das kleine Ding sah dabei so herzzerreißend hilflos aus, dass ich mich sofort verantwortlich fühlte. Schließlich war außer mir niemand da, der etwas hätte tun können. Aber was sollte ich tun?

„Kannst du aufstehen?", fragte ich und wusste selbst nicht, wieso ich mich für dieses kleine Wesen plötzlich interessierte. Vielleicht weil mein Kardinal immer wieder von Nächstenliebe sprach. Was genau er damit meinte, hatte ich zwar nie verstanden, aber jeder, der mir was zu futtern hinstellte, berief sich gern darauf. Auch Donna hatte mir bisweilen davon erzählt, dass Menschen das gern sagten, wenn sie etwas für andere taten, egal, ob Mensch oder Katze.

„Ich weiß nicht, ich habe es noch nicht versucht!", wisperte die kleine Katze. Ich atmete tief durch. „Dann probiere es doch einfach mal!", schlug ich vor. „Oder willst du ewig in der Kiste sitzen bleiben?"
Nun sah sie mich erst recht erschrocken an. Oh je, was war das kleine Ding aber auch empfindlich! Ich wollte ihr doch bloß helfen!
„Komm schon raus aus der Kiste!", ermunterte ich sie. „Sieh mal, wenn du da drin sitzt, kann ich dich nicht mal trösten!"
„Aber wo soll ich denn hingehen?", schniefte sie.
„Erst mal raus aus der Kiste!", schlug ich vor und zwang mich zur Geduld. Als sie aufstand, erschrak ich erneut: Was war sie aber auch klein und dünn! Hatte man sie nicht gefüttert? Ich redete ihr noch eine Weile zu, doch sie war völlig entkräftet. Kein Wunder, ohne Futter und die ganze Jammerei, dazu dieses grässliche Wetter. Missmutig starrte ich nach oben. Es regnete und regnete und ich sah vermutlich inzwischen aus wie ein Wischmop, wie Frau Brenner sagen würde. Warum mir jetzt ausgerechnet diese Frau wieder in den Sinn kam, wusste ich auch nicht. Auf jeden Fall konnte ich es nun nicht mehr mit ansehen, wie sie sich abplagte, und zog sie selbst aus der Kiste. Sie brach buchstäblich vor meinen Füßen zusammen. Was nun? Sie hier lassen? Unmöglich, entschied ich und schnappte sie am Genick. Sie heulte sofort wieder los. Vorsichtig setzte ich sie ab.
„Ich tue dir doch nichts! Ich nehme dich jetzt erst mal mit nach Hause, dort wirst du was fressen und dann

sehen wir weiter, einverstanden?“ Die Kleine guckte mich aufmerksam und nicht mehr ganz so ängstlich an. „Braves Kätzchen!“, lobte ich sie. Dann hob ich sie vorsichtig hoch und trug sie nach Hause. Na ja, zumindest erst mal in den Hauseingang, denn über den Baum kriegte ich sie definitiv nicht hoch in die Wohnung. Und klingeln konnte ich ja schlecht. Die Uhr vom Glockenturm schlug sieben Mal, das brachte mich auf eine Idee.

„Bleib du hier, ich muss noch mal schnell weg!“, erklärte ich dem Zwerg. „Und bleib ganz still, ja?“ Sie miaute kläglich, während ich lossauste. Zunächst die Straße hinab, dann quer drüber und hinein in die nächste Gasse. Die kleine Trattoria, in der unser Sekretär Clemens so gern zu Abend speiste, kannte ich inzwischen gut genug. Hoffentlich wich der gute Mann nun ausgerechnet heute nicht von seinen Gewohnheiten ab! Als ich wenige Minuten später am Ziel war, regnete es immer noch. Ich bemühte mich gar nicht, leise und unauffällig zu sein.

„Kitty? Ja, was machst du denn bei dem Wetter auf der Straße?“ Mein Plan war aufgegangen, Clemens hatte gerade sein Besteck weggelegt und schaute mich nun verdutzt an. Da er mich ja ohnehin nicht verstehen würde, gab ich mir erst gar keine Mühe, ihm irgendwas zu erklären, stattdessen zerrte ich, wie ich es bisweilen bei Hunden beobachtet hatte, an seinem Hosenbein.

„Willst du mir irgendwas sagen?“, fragte Clemens. Meine Güte, der Mann war doch sonst nicht so begriffsstutzig! Na klar, wollte ich, wozu veranstaltete ich den Zauber denn sonst? Ich zerrte also weiter und weiter und irgendwann gab es ein fieses Geräusch, da wusste ich, dass seine Hose hatte dran glauben müssen. Und endlich begriff auch Clemens, wie ernst es mir war.

„Ist irgendwas passiert?", fragte er nun einigermaßen nervös und kramte einen Geldschein aus seiner Hosentasche. Dann folgte er mir. Ich sauste so schnell wie möglich voran und hoffte inständig, dass die Kleine keinen Ärger gemacht hatte. Doch ich fand sie so vor, wie ich sie keine halbe Stunde zuvor zurückgelassen hatte. Clemens hörte ich ein gutes Stück hinter mir keuchen.

„Er kommt, mach dir keine Sorgen, Kleine!", beruhigte ich sie sofort. Mein Atem rasselte, ich wurde eben auch langsam älter. „Allein kriege ich doch die Tür nicht auf, das muss Clemens tun. Hab keine Angst!", redete ich weiter auf sie ein. Dann war Clemens da und erfasste die Situation sofort.

„Ach herrje, was ist denn das?", fragte er. Ich schleckte an der Kleinen herum, um ihr zerzaustes Fell ein wenig zu ordnen und um Clemens zu zeigen, dass ich sie nicht draußen sitzen lassen wollte. Er begriff …

„Du meinst, wir sollen sie zu Antonella bringen? Na, ob das so eine gute Idee ist, weiß ich nicht", gab er zu bedenken, öffnete uns aber die Tür. Er beäugte uns beide kritisch.

„Du hast noch nie irgendjemand oder irgendetwas mitgebracht. Also wird es wohl wirklich ein Notfall sein.

Wir päppeln die kleine Katze auf, dann sehen wir weiter. Und wenn der Kardinal nach Hause kommt und sie nicht bleiben soll, dann nehme ich sie eben. Aber nur, wenn du mir versprichst, sie gut zu erziehen!"
Sollte das ein Scherz sein? Ich schaute ihn aufmerksam an als Zeichen dafür, dass ich ihn verstanden hatte, und er trat endlich zur Seite. Meine Güte, ich hätte ihm alles versprochen, wirklich. Und wie es weitergehen sollte, wusste ich doch auch nicht, ich war doch bloß eine Katze! Aber ich wusste immerhin, dass es keine gute Idee gewesen wäre, dieses kleine Bündel in der Hinterhofkiste zurückzulassen. Ich schleppte den Zwerg ins Treppenhaus. Clemens hatte bereits auf den Knopf für den Aufzug gedrückt, den er immer nahm. Heute würde ich eine Ausnahme machen. Immerhin taute der Zwerg nun etwas auf. Sie hatte sich einigermaßen beruhigt und war auch schon wieder angetrocknet, während mir das Wasser noch aus dem Fell tropfte.
„Was ist das?", fragte sie neugierig und schon wesentlich weniger verängstigt, als ich sie in den Aufzug bugsierte.
„Ein Fahrstuhl. Wir müssen nach oben und die Treppen schaffst du jetzt nicht!", erklärte ich ihr. Sie warf mir einen dankbaren Blick zu.
„Du bist wunderbar!", flüsterte sie. „Wo sind wir und wie heißt du eigentlich? Und warum hilfst du mir überhaupt?"
„Kitty!", antwortete ich. „Ich heiße Kitty. Mein Kardinal und ich wohnen hier."

Und auf die zweite Frage wusste ich nun wirklich keine Antwort. Warum half ich ihr? Vielleicht weil sie mich einfach rührte in ihrer Hilflosigkeit? Oder weil ich wusste, wie man sich fühlt, ganz allein in einer aussichtlosen Lage? Doch anders als ich, als ich mich damals in diesen blöden Umzugswagen eingeschlichen hatte, konnte sie nichts für ihre Lage. Sie guckte mich immer noch fragend an mit ihren großen, grünen Augen.
„Weil ein kleines Kätzchen wie du nicht auf die Straße gehört!", gab ich schließlich zur Antwort. Sie stupste mich zärtlich an.
„Bist du jetzt meine Ersatzmama?"
Zum Glück kam der Aufzug in diesem Moment zum Stehen, sodass ich um eine Antwort herumkam. Ersatzmama? Ich? Oh je, auf was hatte ich mich da bloß eingelassen!

Schneller als ich es mir vorgestellt hatte, riss Clemens nun das Zepter an sich. Er sperrte uns die Tür auf und beruhigte Schwester Antonella, die erwartungsgemäß die Hände über dem Kopf zusammenschlug.
„Heilige Madonna, wie soll ich das nur dem Kardinal erklären?", jammerte sie.
„Keine Bange, ich mache das schon!", redete Clemens freundlich auf sie ein. „Wir brauchen erst mal ein Schälchen Milch, dann sehen wir weiter!"
Während Schwester Antonella in die Küche eilte, hörte ich es im Flur rumoren. Noch ein Besucher? Um diese Zeit? Was war denn heute bloß los?

„Hier ist die Milch. Und erklären können Sie es dem Kardinal jetzt auch gleich. Er hat angerufen, er kommt früher, wegen eines Vortrags auf einem Priesterseminar, für das er kurzfristig angefragt wurde. Aber das wissen Sie doch, oder?“
„Dass er heute Abend kommt, nein!“, antwortete Clemens entsetzt und eilte nun ebenfalls Schwester Antonella hinterher.
„Das Seminar ist doch erst am Wochenende und ich habe die Vorbereitungen doch noch gar nicht abgeschlossen!“
„Sind Sie sein Sekretär oder nicht?“, wurde Antonella nun ernsthaft böse. Mittlerweile hörte ich die vertrauten Schritte meines Kardinals im Flur. Er war nach Hause gekommen! Früher als erwartet und gerade zur rechten Zeit! Er wusste eben immer, wann er gebraucht wurde!
„Bleib du hier und trink die Milch!“, befahl ich der Kleinen. Dann sauste ich in den Flur, um meinen Kardinal gebührend zu begrüßen. Dass er unseren Gast einfach so vor die Tür setzte, konnte ich mir nun beim besten Willen nicht vorstellen. Während ich ihm nun aufgeregt um die Beine strich und er dabei immer wieder meinen Kopf streichelte, versuchte sich der gute Clemens in Erklärungen. Was ihm sichtlich schwerfiel.
„Also, Eminenz, Sie können sich gar nicht vorstellen, was Kitty getan hat!“, hörte ich ihn sagen.
„So?“ Mein Kardinal warf mir einen prüfenden Blick zu. „Was hast du angestellt?“, wollte er wissen.
Ich warf Clemens einen bösen Blick zu. Der Mann war

herzensgut, aber mit Erklärungen tat er sich schwer. Er eierte noch eine ganze Weile rum, dann reichte es mir. Ich ließ sie im Flur stehen, schnappte mir unser Sorgenkind einfach und setzte sie direkt meinem Kardinal vor die Füße.
„Ach, wollen Sie mir vielleicht das da erklären?“ Er lächelte, als er die Kleine hochhob. Und anders als sonst, wenn er manchmal draußen geneigt war, eine andere Katze zu streicheln, war ich kein bisschen eifersüchtig.
„Sie sieht tüchtig verhungert aus!“, stellte mein Kardinal fest.
„Ja, Kitty hat sie irgendwo aufgelesen. Sie ist eben eine ganz besonders Schlaue. Wenn Sie, Eminenz, die kleine Katze nicht behalten wollen, ich nehme sie gern. Das habe ich Kitty auch schon gesagt ...“
Mein Kardinal sah seinen Sekretär prüfend an. Dann zog dieses unvergleichliche Lächeln über sein Gesicht.
„Clemens, Sie wollen mir doch nicht ernsthaft erklären, dass Sie mit meiner Katze sprechen?“
Daraufhin wurde der gute Clemens gleich noch ein bisschen verlegener. Und knallrot.

Francesca

„Francesca ist wirklich ein schöner Name! Ich liebe ihn! Genauso wie dich!" Die kleine Nase, die mich aus dem Schlaf stupste, war einfach nicht zu ignorieren. Also öffnete ich meine Augen.
„Ja, sehr schön", murmelte ich verschlafen. „Mein Kardinal hat ihn ja auch extra für dich ausgesucht!"
Seit ich dieses kleine Katzenbündel angeschleppt hatte, war es mit meiner Ruhe aus und vorbei. Natürlich hatte mein Kardinal sie nicht seinem Sekretär Clemens überlassen, wir kümmerten uns schön selber um sie. Sogar Schwester Antonella hatte sich auf den ersten Blick in Francesca verliebt. Die ersten Tage waren wirklich hart. Für unsere Kleine war alles ganz neu, mit Milchschälchen konnte sie nichts anfangen und mit dem Trinkenlernen tat sie sich schwer. Statt zu Kräften zu kommen, magerte sie weiter ab, bis mein Kardinal entschied, sie mit der Flasche zu füttern. Das klappte dann zum Glück auch, hatte allerdings eine gewisse Anhänglichkeit unseres kleinen Plagegeistes zur Folge. Das betraf sowohl meinen Kardinal als auch mich, denn selbstverständlich ließ ich meinen Schützling keine Sekunde aus den Augen. Auch auf die Gefahr hin, zu wenig Schlaf zu bekommen.
„Er ist jetzt *unser* Kardinal!", schmollte Francesca auch prompt. Anders als ich nahm sie alles sehr persönlich, und ihre Empfindlichkeit war schier unglaublich. Und ihre Naivität erst! Sie wusste nichts von der Welt, und

meine Aufgabe – so viel war klar – bestand darin, ihr zu erklären, was man als gestandene römische Kardinalskatze so tat und was nicht. Leider blieb sie immer ein wenig ängstlich. Bevor sie einen Raum betrat, spähte sie in jede Ecke und vermutlich wäre ein Einbrecher eher über sie gestolpert, bevor sie es geschafft hätte, Reißaus zu nehmen oder gar jemanden hochzuscheuchen. Aber vielleicht waren auch alle kleinen Katzen so, mir fehlte da wohl einfach die Erfahrung.
„Was machen wir heute?“, war ihre Lieblingsfrage. Und sie stellte sie gern im Morgengrauen, wenn ich noch ein gutes Stündchen schlafen wollte. Seit ihrem Einzug hatte ich auf Ausflüge aller Art ihretwegen verzichtet, was vornehmlich ihrer Anhänglichkeit geschuldet war. Sie mitzunehmen kam in ihrem Zustand natürlich nicht in Frage, sie war ja noch viel zu schwach. Mal davon abgesehen, dass sie mir auch zu ungeschickt war. Trotzdem war sie ein Gewinn für uns, ganz besonders für mich. Denn auf meine alten Tage erwachte durch sie doch tatsächlich noch mein Mutterinstinkt.
„Sie kann höchstens ein paar Wochen alt sein!“, hatte mein Kardinal kopfschüttelnd festgestellt. „Ich verstehe Menschen nicht, die ihre Tiere einfach aussetzen.“
Nun, da hatten wir was gemeinsam, mein Kardinal, Schwester Antonella und ich. Und Clemens natürlich, der sich wie ein Katzenpapa aufführte und ständig nach ihr sehen wollte. Er kam mehrfach am Tag und war besonders zu Anfang sehr besorgt. Und Francesca? Sie genoss die Aufmerksamkeit sichtlich und schenkte uns allen viel Zärtlichkeit.

Trotz aller Umstände, die Francesca in unser Leben brachte, durfte mein Kardinal seinen Alltag natürlich nicht vernachlässigen. Auch dafür sorgte Clemens mit der ihm eigenen Voraussicht. Die Rede vor den Studenten hielt mein Kardinal natürlich trotzdem und hinterher hörte ich, wie sich die jungen Leute bei ihm bedankten. Tagelang stand das Telefon nicht mehr still; er war eben sehr beliebt, mein Kardinal.
„Wenn wir ausgeschlafen und gefrühstückt haben, sehen wir weiter!“, brachte ich mein kleines Pflegekind zum Schweigen, die mich schon wieder heftig stupste. Ich warf ihr einen strengen Blick zu und sie kuschelte sich augenblicklich an mich. Entspannt döste ich noch ein Weilchen vor mich hin. Die Innigkeit, mit der sie an mir hing, rührte mich schon sehr. Ich konnte dem kleinen Ding einfach nicht böse sein. Nicht mal, wenn sie mich mitten in der Nacht weckte, weil sie schlecht geträumt hatte.

So anhänglich Francesca zu Beginn war, so anhänglich blieb sie auch. Sie ließ mir schlichtweg keine freie Minute.
„Hör mal, ich will mal ein paar Runden drehen, draußen, mir die Pfoten vertreten, da kannst du nicht mitkommen!“, versuchte ich es mit Logik, doch Babykatzen halten davon nicht wirklich viel.
„Ich will doch aber mitkommen!“, quengelte sie. „Ich bin doch gar kein Baby mehr, ich bin jetzt schon über zwei Monate hier!“, erklärte sie mir stolz und reckte ihr Köpfchen empor.

Das stimmte, zweifellos, Himmel, wie die Zeit verging. „Gut“, lenkte ich ein. „Wir gehen jetzt auf die Terrasse, von dort aus springen wir auf den Baum und auf dessen anderer Seite wieder runter. Und schon sind wir auf der Straße!“, erklärte ich ihr.
„Und warum nehmen wir nicht den Aufzug?“, fragte sie neugierig. Nach dem Aufzug fragte sie fast täglich, sie mochte ihn sehr.
„Weil wir Katzen sind und es lieben, draußen rumzuklettern! Außerdem müssen wir sonst warten, bis uns jemand den Fahrstuhl heranruft, da wir den Knopf nicht selber drücken können!“
Zögernd folgte sie mir auf die Terrasse hinaus.
„Da soll ich rüberspringen? Das schaffe ich doch nie!“
Noch ehe ich reagieren konnte, krallte sie sich an mir fest. „Bitte, Kitty, geh nicht weg, ja? Lass mich nicht allein! Oder nimm mich mit!“
Oh je, was sollte das nur werden! Vorsichtig befreite ich mich, dann versicherte ich, dass ich sie schon irgendwie auf den Baum bekommen würde, was noch die leichteste Übung war. Einer der Äste lag seit dem letzten Winter, als ihn ein Sturm abgeknickt hatte, ohnehin fast auf der Terrasse auf. Und so ein Fliegengewicht wie Francesca würde das Teil schon aushalten.
„Komm, geh da einfach rüber, ja? Da passiert nichts, wirst sehen!“, ermutigte ich sie. Francesca warf mir einen skeptischen Blick zu, ehe sie ganz vorsichtig und sehr bedächtig eine Pfote vor die andere setzte. Es dauerte eine gefühlte Ewigkeit, ehe sie auf dem Baum

saß und sich ängstlich umguckte. Mit zwei Sätzen war ich bei ihr.
„Und wie komme ich jetzt hier wieder runter?", wisperte sie. Die Angst schnürte ihr fast die Kehle zu. Noch war sie ja recht handlich, also packte ich sie am Kragen und sprang mit ihr einfach runter.
„So ging es am schnellsten", sagte ich, als wir unten waren. „Wir üben das Stück für Stück, einverstanden?"
Francesca miaute zustimmend.„Dann bleib schön nah bei mir!", wies ich sie an. Dann marschierten wir in recht ordentlichem Tempo an den Häusern in unserer Straße vorbei. Doch schon zwei Straßen weiter kapitulierte mein kleiner Schützling.
„Ich kann nicht mehr!" Francesca blieb stehen und sah mich mit großen Augen an. „Mir tun die Pfoten weh und überhaupt, es ist so furchtbar laut hier! Und wie das stinkt!"
„Das sind die Autos!", erklärte ich.„Sie sind schnell, sie sind laut und sie sind gefährlich. Was da so stinkt, kommt hinten aus dem Rohr raus, also halt dich am besten fern von ihnen, verstanden?" Francesca miaute zustimmend. Wenn sie mich so anguckte, war es zum Steinerweichen. Natürlich konnte ich ihr nicht böse sein und mein Vorhaben, nach Laterano zu marschieren, hatte ich längst aufgegeben, Francesca ging vor. Wir liefen also zurück und übten dann geschlagene zwei Stunden das Hochklettern auf den Baum.
„Ich mag das nicht!", erklärte mir Francesca, als wir uns nach dem Essen später zu einem Nickerchen zurück-

zogen. „Warum müssen Katzen überhaupt rausgehen, Kitty? Hier drin ist es doch viel gemütlicher! Keine Autos, kein Lärm und stinken tut es auch nicht."
„Weißt du, Francesca, wir Katzen brauchen einen gewissen Auslauf. Wie alle Lebewesen. Auch kein Mensch bleibt immer nur in der Wohnung. Du wirst sehen, wenn du dir ein wenig mehr zutraust, dann wirst du auch Spaß daran haben, rauszugehen und die Welt zu entdecken. Wenn ich da an meine Abenteuer denke! Was ich schon alles erlebt habe …"
Francesca kuschelte sich an mich. „Ich weiß, du bist ja auch die mutigste Katze, die es gibt. Wenn du nicht gewesen wärst, hätte ich verhungern müssen! Erzähl mir bitte von deinen Abenteuern, ja?", nötigte sie mich geradezu. Und ich kramte in längst vergessenen Erinnerungen. Francesca hörte mir mit voller Konzentration zu und konnte gar nicht genug kriegen von meinen Geschichten. Und ich konnte beim Erzählen selbst kaum glauben, was ich schon alles erlebt hatte.

Nichtsdestotrotz schlich ich mich am folgenden Mittwochabend aus dem Haus. Ich hatte extra gewartet, bis Francesca eingeschlafen war, dann war ich getürmt. Babykatze hin oder her, ich musste mir dringend mal wieder die Pfoten vertreten. Fast schon automatisch steuerte ich Santa Maria Maggiore an. Diese Basilika hatte für mich nie ihren Reiz verloren, auch wenn Donna schon lange nicht mehr hier war. Ich schwirrte eine Weile um die Basilika herum, dann legte ich ein Nickerchen an der Mariensäule ein. Jetzt, da ich wusste, dass ich jederzeit auch nach Hause gehen konnte und den Weg dorthin inzwischen im Schlaf kannte, fand ich das gar nicht mehr schlimm. Wie anders war das doch in meiner ersten Nacht in Rom gewesen! In letzter Zeit wanderten meine Gedanken oft in die Vergangenheit. Wenn ich mir Francesca so ansah, wurde mir deutlich bewusst, wie lange es her war, dass ich in München aufgebrochen war. Und nun war ich sicher schon einiges älter, als Minu es damals bei meiner Abreise gewesen war. Ich verscheuchte meine dunklen Gedanken, als der Morgen aufzog. Wenn ich mich beeilte, konnte ich es noch schaffen. Der Campo Santo rief. Ich flitzte durch die fast noch menschenleeren Straßen unserer schönen Stadt, riskierte kaum einen Blick nach rechts oder links und erreichte den Friedhof gerade im rechten Moment. Da kam er: mein Kardinal! Er hatte seinen Mantel geschlossen und die abgewetzte Aktentasche unter den Arm geklemmt. Pünktlich wie ein Schweizer Uhrwerk, neckte sein Bruder Georg ihn immer. Für mich, stellte ich seufzend fest, würde er wohl immer *mein* Kardinal bleiben, Francesca hin oder her. Dieses kleine Wesen hatte irgendwas an sich, das erst gar keine Eifersucht aufkommen ließ. Auch wenn sie mit ihrer Tollpatschigkeit meist alle Blicke auf sich zog. Sie war keine Bedrohung, seine Liebe war mir sicher, das spürte ich deutlich. Besonders, als er anfing, meinen Kopf zu kraulen.

„Na, hast dich mal wegschleichen können? Komm her, meine Kitty!“ Er streichelte mich und seine Augen lächelten. Ich wartete geduldig, bis er die Frühmesse gehalten und alle Besucher verabschiedet hatte, dann machten wir uns gemeinsam auf den Heimweg. Ihm zuliebe nahm ich dieses Mal sogar den Lift. An der Tür kam uns schon eine aufgeregte Schwester Antonella entgegen.

„Ach, gut, dass Sie kommen, Eminenz! Stellen Sie sich vor, die Francesca …"

Mir krampfte sich auf der Stelle der Magen zusammen! Konnte man sie nicht mal eine einzige Nacht alleine lassen?

„Was hat sie denn angestellt?", wollte mein Kardinal wissen. Er ließ sich von Schwester Antonellas Aufgeregtheit in keinster Weise beeindrucken und blieb ruhig wie immer.

„Ach, die Francesca. Als sie heute Nacht bemerkt hat, dass die Kitty weg ist, hat sie erst das Katzenklo umgeworfen, dann die Streu im ganzen Flur verteilt und sitzt seitdem auf der Terrasse! Sie lässt sich nicht mal mit Milch in die Wohnung locken. Ich weiß mir wirklich schon keinen Rat mehr!" Schwester Antonella sah wirklich verzweifelt aus. Ohne, dass es einer Aufforderung bedurft hätte, ging ich zu Francesca.

„Wartest du auf jemanden?", fragte ich. Ich hatte mir keine besondere Mühe gegeben, mich anzuschleichen, trotzdem schrak sie tüchtig zusammen, als ich sie ansprach.

„Ich hatte solche Angst, dass du nicht wiederkommst!", flüsterte sie ganz bekümmert. Ich stupste freundlich gegen ihr kleines Näschen, und sie beruhigte sich zum Glück recht schnell. Dann siegte bei ihr der Hunger und sie kam ohne Umstände wieder in die Wohnung.

Auch wenn ich nun auf meine nächtlichen Ausflüge weitestgehend verzichtete und Francesca beibrachte, wie man es schaffte, nachts durch die Wohnung zu tigern, ohne alle Bewohner aufzuwecken, so mutierte ich trotzdem nicht zur reinen Wohnungskatze. Und mein Instinkt sagte mir, dass das auch für Francesca gar nicht gut war.
„Hör mal, Kleine, du musst lernen, dich draußen zu bewegen. Niemand weiß, wohin dich das Schicksal einmal verschlägt! Vielleicht musst du unserem Kardinal irgendwann auch mal hinterherlaufen! Du weißt doch, wenn der Heilige Vater ruft, dann muss er gehen! Auch wenn das bisher erst einmal vorkam – man weiß schließlich nie!“
Was eigentlich hatte motivierend klingen sollen, hatte bei ihr den gegenteiligen Effekt, denn nun bekam sie gleich wieder Angst. Ich musste wirklich vorsichtiger sein. Ich erzählte ihr von meiner Zeit in München, wo ich als winziges Kätzchen niemals geahnt hatte, dass es mich eines Tages einmal nach Rom verschlagen würde. Und irgendwann zeigte sie sich auch einsichtig. Sie brauchte zwar eine Weile, bis sie sich allein auf den morschen Ast wagte, doch je mehr Übung sie darin hatte, desto flinker ging es. Nur der Spaß blieb bei ihr leider völlig aus.
„Es ist unheimlich, da oben rumzuklettern!“, stellte

Francesca missmutig fest. „Was, wenn ich runterfalle?“
„Ach, Francesca, du bist eine Katze, du fällst nicht!“, versicherte ich ihr, dann wagten wir uns erneut auf die Straße. Es war ein herrlicher Tag und jeder, der uns zusammen sah, hielt uns für Mutter und Tochter. Zwar war ihr Fell grau-getigert, irgendwie auch ein bisschen braun dazwischen, und sah zudem ständig so aus, als hätte es jemand aufgebürstet, aber ihr Gesichtchen war schneeweiß wie meins. Und der ganze Rest von mir. Ich muss gestehen, mir gefiel das. Francesca sowieso.

Mutiger geworden, beschloss ich, meinem kleinen Schützling den Petersplatz zu zeigen, samt dem unvergleichlichen Dom.
„Der Petersdom ist das Zentrum hier im Vatikan!“, erklärte ich ihr und hörte mich dabei schon fast ein bisschen an wie Donna früher. Auch ich hatte meine Weisheiten aufgeschnappt und ich war mir inzwischen sicher, dass das jeder so machte. Vermutlich auch die Menschen.
„Soll ich dir zeigen, wo der Heilige Vater wohnt?“, lockte ich sie. Francesca war neugierig genug. Meine Angst vor diesem Mann hatte in all den Jahren spürbar nachgelassen. Er hatte meinen Kardinal zwar vor langer Zeit hierher gerufen, aber seitdem auch nicht mehr weggeholt. Er brauchte ihn, wie Georg und Clemens immer wieder erwähnten.
Wir marschierten über den Petersplatz, doch die vielen Menschen waren eindeutig nichts für meine Francesca.

„Die trampeln uns noch tot oder treten uns zumindest auf den Schwanz!“, befürchtete sie und wurde nicht müde, sich hektisch nach allen Seiten rumzudrehen. Aber sie traute sich weiterzulaufen und äußerte auch nicht den Wunsch umzukehren – na bitte, es ging doch!
Es war ein herrlicher, wenn auch etwas frischer Tag. Die Sonne schien, der Himmel strahlte in einem herrlichen Blau. Als wir in der Mitte des Platzes angekommen waren, deutete ich auf drei Fenster an der oberen rechten Seite des vor uns liegenden Gebäudes.
„Dort wohnt der Heilige Vater!“, erklärte ich Francesca feierlich.
Ehrfürchtig starrten wir eine Weile nach oben, aber hinter den Fenstern war niemand zu sehen. Ich selbst hatte ihn ja auch nicht besonders oft zu Gesicht bekommen, zumindest in natura nicht. Aber was machte das schon? Wir scharwenzelten um die Säulen, die den Platz begrenzten, und gingen den Menschen, so gut es ging, aus dem Weg. Wenn alles gut ging, konnte ich Francesca schon bald den Weg zum Campo Santo zeigen. Sie entwickelte sich wunderbar und ich war einigermaßen stolz auf sie. Jetzt mussten wir nur noch an ihrem Selbstvertrauen arbeiten.

Als Georg uns das nächste Mal besuchte, staunte auch er nicht schlecht. „Aus dem Winzling ist ja eine richtige Katze geworden!“, lachte er und warf ihr ein Spielzeug hin. Dann kraulte er mich liebevoll am Kopf. „Hast du gut gemacht, Kitty!“ Als ob ich etwas dafür konnte, dass sie so schnell wuchs.

„Lass uns heute Abend in die Cantina gehen!“, schlug mein Kardinal seinem Bruder vor. „Clemens hat unseren Lieblingstisch reserviert und ihr beide habt euch doch auch immer viel zu erzählen!“
Unser Sekretär Clemens, der nicht nur im Büro für meinen Kardinal zuständig war, sondern auch sonst alles tat, um ihm die leidige Organisationsarbeit vom Hals zu halten und das Leben bei all der Arbeit ein bisschen leichter zu machen, kam regelmäßig vorbei. Er erinnerte mich geradezu auffällig an unsere Francesca: Sie waren beide nämlich nicht mit überschäumendem Temperament gesegnet. Doch egal, ich mochte ihn wirklich und er mich auch. Und an Francesca hing er mit einer gewissen väterlichen Verantwortung. Das spürte sie auch und verbiss sich erst einmal zur Begrüßung in sein Hosenbein, was ihn merkwürdigerweise nicht einmal störte.
„Lass das!“, fuhr ich sie an, als sie kein Ende fand. „Du bist doch kein Hund!“
„Aber ich will doch mit ihm spielen!“, murrte sie. Leider tat Clemens wirklich rein gar nichts, um ihr klarzumachen, dass er das nicht wollte, im Gegenteil. Er ermutige sie sogar noch und am Ende war seine Hose hinüber.
„Was ist die Cantina?“, wollte Francesca wissen, als sich die Herren erst einmal zum Kaffee zurückzogen. „Da wollen sie heute Abend hingehen. Nehmen sie uns mit?“
Francesca war nun so weit, dass sie am liebsten überall mit hingegangen wäre. Und wenn sie dazu nicht

zwingend nach draußen gemusst hätte, wäre ihr das vielleicht sogar gelungen. Doch so endeten ihre Versuche in aller Regel an unserer Wohnungstür, daran änderte auch unser erster gemeinsamer und durchaus gelungener Ausflug auf den Petersplatz nichts. Allein vor die Tür? Niemals!

„Die Cantina ist das Lieblingsrestaurant unseres Kardinals!“, klärte ich sie auf. „Wenn sein Bruder in der Stadt ist, gehen sie dort meist abends essen. Würstel und Gulasch und so was!“

Francesca guckte mich neugierig an. Hoffentlich erwartete sie jetzt von mir keine genaueren Ausführungen dazu, denn was dieses Gulaschzeug war, hatte ich auch noch nicht rausgefunden. Würstel dagegen kannte ich – allein bei dem Gedanken daran lief mir das Wasser im Maul zusammen.

„Wir können ja zusammen hingehen!“, schlug ich listig vor. Ich nutzte jede Gelegenheit, sie vor die Tür zu locken, denn so spannend ihre Erziehung auch war, draußen konnte sie eindeutig mehr lernen als hier drin.

„Dann schleichen wir ihnen hinterher?“ Ihr Eifer überraschte mich wirklich. „Ja, das können wir machen. Aber dazu müssen wir die Wohnung verlassen!“

Sie überlegte kurz, dann stimmte sie mir zu. „Ja, dann lass uns hinterherschleichen. Und auf dem Rückweg warten wir auf sie, ja? Damit sie auch mitkriegen, dass wir da waren! Sonst denkt unser Kardinal doch noch, ich bin ein Feigling!“

Aha, so war das also, sie wollte ihm etwas beweisen. Na, warum nicht, Hauptsache, ich kriegte sie überhaupt vor die Tür.
„Wir können doch mit dem Fahrstuhl runterfahren!", schlug sie vor.
„Nein, dann merken sie doch was!", lehnte ich ab. „Hinterherschleichen heißt, dass sie nichts merken sollen!"
Nun hatte ich sie völlig verwirrt. „Ich meine, sie bemerken uns erst, wenn sie die Würstel bestellt haben!", versicherte ich ihr und damit hellte sich ihr kleines Gesicht sofort wieder auf.
„Sie müssen uns aber bemerken!", vergewisserte sie sich, was ich ihr auf dem Weg nach unten noch mehrmals bestätigte. Ganz mutig bewältigte sie den Baum allein und ich war mächtig stolz auf sie.
„Wenn du willst und richtig motiviert bist, kannst du alles schaffen!", lobte ich sie und schleckte ihr zärtlich über den Kopf. „Und nun komm, wir wollen doch noch was von den Würsteln abhaben, oder?"

Zügig verließen wir unsere Straße und gerieten prompt in den abendlichen Berufsverkehr, der hier in Rom sehr laut und hektisch war. Zum Glück lag die Cantina nicht weit von unserer Wohnung entfernt. Mit Francesca im Schlepptau konnte jedoch ein halber Block schon mal locker eine halbe Stunde dauern. Doch die Aussicht, unseren Kardinal zu beeindrucken, machte meinen kleinen Schützling mutig. Sie blieb dicht an meiner Seite und gemeinsam flitzten wir um

die Passanten herum, von einer Straßenseite zur nächsten. Als wir die Cantina erreichten, sahen wir unseren Kardinal, seinen Bruder und Clemens gerade Platz nehmen. Also hatten wir nicht mal halb so lange gebraucht, wie ich befürchtet hatte.
„Wir schleichen uns jetzt am besten an!“, schlug ich vor und ging hinter einem Oleanderstrauch, der in einen großen Tontopf gepflanzt war, in Deckung. Francesca kuschelte sich direkt neben mich. „Ich bin hier!“, wisperte sie unnötigerweise.
„Siehst du, jetzt bestellen sie etwas zu essen!“, erklärte ich weiter und hoffte inständig auf Würstel. Vielleicht sollte ich mich kurz zeigen, überlegte ich. Nicht, dass sie am Ende doch noch etwas anderes nahmen. Ich spitzte die Ohren, als der Kellner, der Pietro hieß, wie ich wusste, die Bestellung wiederholte.
„Drei Mal Würstel, Eminenz, und zum Nachtisch Apfelstrudel!“, hörte ich ihn sagen. „Ja!“, freute ich mich. „Das wird ein leckerer Abend!“
Francesca sah mich ganz erstaunt an. „Wenn wir gleich hingehen, wüssten sie, dass sie mehr bestellen müssen!“, stellte sie in ihrer unglaublichen Logik fest. Es war zwecklos, ihr zu erklären, dass Menschen in Restaurants doch nichts für Katzen mitbestellten!
Wir warteten noch eine Weile, bis das Essen aufgetragen wurde. „Wir müssen klug vorgehen, schließlich wollen wir ja nicht das ganze Lokal aufmischen!“, versuchte ich den Tatendrang meines inzwischen sehr ungeduldigen Schützlings zu bremsen. Doch zu spät. Kaum hatte mein Kardinal in sein Würstel gebissen,

war Francesca nicht mehr zu halten: Wie ein Blitz schoss sie nach vorn, direkt auf den kleinen Tisch in der Nische zu, an dem die drei Herren saßen. Leider kam ihr Pietro in die Quere, der nicht mit einer unerzogenen, vorschnellen kleinen Katze gerechnet hatte. Er balancierte ein paar Terrinen auf einem Tablett und hielt in der anderen Hand eine Rotweinflasche sowie mehrere Gläser. Ein Wunder, dass er es überhaupt bis hierher geschafft hatte, so beladen wie er war. Doch nun kam ihm Francesca zwischen die Beine. Pietro erschrak, verlor das Gleichgewicht, und die Terrinen gerieten bedenklich ins Wanken. Francesca hatte sich ebenfalls erschrocken; sie blieb aber wie angewurzelt stehen und starrte Pietro mit ihren grünen Augen an. „Lauf!“, rief ich. Doch sie reagierte gar nicht! Und Pietro? Der stolperte in seiner Ratlosigkeit nun auch noch einen Schritt zurück, woraufhin Francesca, aus welchen Gründen auch immer, zum Sprung ansetzte. Dann überschlugen sich die Ereignisse. Die Terrinen, die vorher schon gewankt hatten, gerieten nun völlig außer Kontrolle, ebenso Pietro, der Francesca, die direkt auf ihn zugesprungen kam, irgendwie abzuwehren versuchte. Dazu musste er die Weinflasche und sämtliche Gläser loslassen, die nun durchs Lokal flogen. Es klirrte und splitterte an allen Ecken. Unnötig zu erwähnen, dass nun wirklich alle auf den armen Pietro aufmerksam geworden waren. Auf Francesca weniger, denn schneller, als ich gucken konnte, trat sie den Rückzug an und flüchtete sich unter einen Hocker in der Nähe des Freisitzes. Die Terrinen polterten mit

lautem Scheppern zu Boden, die Gläser trafen die Wand und der Rotwein ergoss sich über Clemens.
Ein paar Gäste kamen Pietro zu Hilfe, der selbst nicht sagen konnte, was hier gerade passiert war, und alle waren sehr aufgeregt. Mein Kardinal schaute sich ruhig wie immer um. Ahnte er etwas? Die allgemeine Aufgeregtheit jedenfalls prallte an ihm ab, wenngleich sich Georg nun auch um den bekleckerten Clemens kümmerte.
„Eine Katze, Mama mia, ich schwöre es, mich hat eine Katze angefallen!", rief Pietro immer wieder. „Sie war einfach da und nun ist sie weg, bei allen Heiligen, eine Katze!"
Da alles so unglaublich schnell vonstattenging, war sich nun kaum noch jemand sicher, was er wirklich gesehen hatte. Einige waren geneigt, Pietro zu glauben, und begannen nun nach einer Katze Ausschau zu halten, während andere meinten, Pietro würde nur versuchen, seine eigene Ungeschicklichkeit zu vertuschen, indem er die Schuld jemand anders zuschob.
„Ach was, der ist doch nur über seine eigenen Füße gestolpert!", hörte ich den Gast murren, dessen Essen da gerade durch die Luft geflogen war. Der arme Pietro! Eigentlich war er ja ein netter Kerl, wenn auch zu hektisch für meinen Geschmack. Er tat mir wirklich leid, doch mich brachte jetzt niemand in diese Cantina hinein. Nicht, dass ich am Ende noch selbst unter Verdacht geriet. Ich hockte sicher und unbemerkt hinter meinem Oleandertopf und ließ Francesca nicht aus den Augen, die zitternd und wie angewurzelt unter dem Schemel hockte. Während eine junge Kellnerin

angerannt kam, um die Schweinerei wegzumachen und sich auch zwei Küchenmädchen um die ganzen Scherben kümmerten, überlegte ich krampfhaft, wie ich meinen kleinen Schützling da nun unbemerkt wieder hinausbekommen sollte!

„Komm her, Francesca!“, rief ich ihr zu. Der Hocker, unter den sie geflohen war, stand zwischen Wand und dem Freisitz, der sich auf dem Bürgersteig vor dem eigentlichen Lokal befand. Er war mit Holzplanken ausgelegt und trennte die Straße vom Lokal lediglich durch eine Art Zaun ab. Ideale Möglichkeiten also für eine kleine Katze hindurchzuschlüpfen, nur musste ich das Francesca erst einmal klarmachen. Das lange Tischtuch, das irgendjemand im Vorbeigehen über den Hocker geworfen hatte, verhinderte zum Glück ungewollte Einblicke. Francesca war klein, wenn sie es klug anstellte, konnte sie wegschleichen, ohne dass jemand auf sie aufmerksam wurde, da sich alles immer noch auf Pietro konzentrierte. Doch mein Schützling stellte sich nicht klug an, sie hatte Angst. Ich überlegte hin und her, entschied mich endgültig dagegen, offen hineinzugehen und Francesca zu holen. Die Würstel waren natürlich inzwischen längst verspeist und gerade wurde der Apfelstrudel aufgetragen.

„Komm jetzt, die ersten Gäste werden sich dort gleich hinsetzen!“, versuchte ich Francesca zu überzeugen. Ich redete eine gefühlte Ewigkeit auf sie ein, bis sie es endlich wagte, auch nur den Kopf hervorzustrecken.

„Ich trau mich aber nicht!“, jammerte sie. Und erst jetzt sah ich, dass ein Teil des Essens auf ihr gelandet war. Das hatte gerade noch gefehlt.
„Bleib dicht an der Wand und schleiche dich an der Seite raus, nicht durchs Lokal!“, zischte ich ihr zu und verließ mein Versteck. So unauffällig wie möglich huschte ich von außen an den Zaun heran.
„Los, komm jetzt! Einfach loslaufen!“, motivierte ich sie. Irgendwann tat sie mir den Gefallen und plumpste mir regelrecht vor die Füße.
„Ich kann nicht mehr!“, jammerte sie. „Dabei wollte ich unseren Kardinal doch nur begrüßen und ihm zeigen, dass ich auch mutig bin!“
„Aber du bist doch mutig!“, redete ich ihr gut zu. Was hätte ich auch sagen sollen? Dass sie die Ungeschicklichkeit in Person war? Dann hätte sie keine Pfote mehr vor die andere gesetzt. „So was, wie du gemacht hast, muss man sich erst mal trauen! Das schaffe noch nicht mal ich! Los, lass uns heimgehen!“

Auf zitternden Pfoten folgte mir Francesca dann endlich, und ich schlug den kürzesten Weg zu unserer Wohnung ein. Doch weit kamen wir nicht, denn jedes Geräusch ließ die Kleine zusammenschrecken.
„Die Autos tun dir nichts, sie fahren auf der Straße!“, beruhigte ich sie. Statt weiterzulaufen, sah sich Francesca hektisch um.
„Es ist so gefährlich hier!“, wisperte sie. „Kitty, ich trau mich nicht weiter!“

Ich versuchte, die Ruhe zu bewahren. Nein, nicht aufregen, sagte ich mir. Das half jetzt ohnehin nicht weiter.
„Komm, setz eine Pfote vor die andere und hör auf, nach links und rechts zu gucken!“, wies ich sie an. Strenger, als sie es gewohnt war. Etwas milder setzte ich hinzu: „Zu Hause gibt's dann auch was zu futtern!“
Dass ihr Magen knurrte, nachdem sie ja nun kein Würstel abbekommen hatte, hörte ich laut und deutlich. Mein gutes Zureden und die Aussicht auf ein Abendbrot, vor allem aber unsere sichere Wohnung, halfen tatsächlich. Trotzdem brauchten wir noch eine gefühlte Ewigkeit, bis wir endlich unser Haus erreichten.
Ich schleckte sie gründlich ab, bevor ich sie über den Baum zurück in unsere Wohnung brachte, so bekleckert war sie schlichtweg nicht vorzeigbar. Gerade noch rechtzeitig bugsierte ich Francesca in ihr Körbchen, bevor unser Kardinal mit Georg im Schlepptau wieder nach Hause kam.
„Ich gehe nie, nie wieder da raus!“, flüsterte sie, bevor ihr die Äuglein zufielen. „Das ist mir alles viel zu gefährlich!“
„Sag niemals nie! Es muss ja nicht immer im Desaster enden. Wenn du überlegter vorgehst, weil du aus jedem Fehler lernst, wirst du vielleicht irgendwann doch noch Spaß daran haben!“, tröstete ich sie. Doch das hörte sie schon nicht mehr, sie war viel zu erledigt nach diesem Abend. Ich leckte ihr die letzten Gulaschreste aus dem Fell. So schlecht schmeckte das Zeug eigentlich gar nicht.

Ein neues Jahrtausend

Fünf Jahre war es nun schon wieder her, dass die Welt wegen dieser Zweitausend-Sache Kopf gestanden hatte. Was war das für eine Aufregung! Als würde die Welt untergehen, was selbstverständlich nicht geschah, ja, sie hatte nicht einmal einen Knacks bekommen! Damals zumindest nicht, aber nun sah es so aus, als würde meine kleine, heile Welt aufgemischt werden. Dabei hatte ich mich längst an die ruhige Routine gewöhnt. Was das betraf, war ich eben doch eine echte römische Katze mit einem gewissen Hang zur Bequemlichkeit. Wir wohnten noch immer in der Piazza della Città Leonina und mein Kardinal war immer noch mein Kardinal. Eigentlich hatte sich in den ganzen Jahren hier nie etwas verändert, mit einer Ausnahme: Vor sechs Jahren und zwei Monaten ist meine Pflegemama Kitty von uns gegangen. Ganz entgegen ihrer Art ist sie einfach sanft und leise eingeschlafen, und als ich sie morgens anstupsen wollte, war sie tot. „Sie war eine Methusalem unter den Katzen!“, hatte mein Kardinal damals zu Antonella gesagt. „Sie kam mit mir aus München hierher und auch das ist ja nun schon wieder eine Ewigkeit her. Sie war nie krank, was für ein Glück!“ Ja, das war es natürlich. Aber egal, ob alt oder nicht, krank oder gesund, der Schmerz, der mich traf, war enorm. Tagelang wollte ich nicht essen, ich konnte einfach nicht, und alle waren sehr beunruhigt. Seitdem war ich die einzige Kardinalskatze hier im

Haus. Mein Kardinal arbeitete immer noch zu viel, auch wenn er das Unterrichten langsam eingestellt hatte und schon seit drei Jahren immer mal wieder etwas von „Pension“ erzählte. Leider war ich bis heute nicht so recht dahintergekommen, was er damit genau meinte.
Heute war Großputztag, was nichts anderes bedeutete, als dass es mit meiner Ruhe zunächst vorbei war. Während Antonella mit ihrem Ungetüm von Staubsauger durch die Wohnung zog, kam ich kaum zum Dösen oder gar Nachdenken, ich war vielmehr mit Flucht beschäftigt. Oh, war dieses Monster laut! Ich flüchtete auf die Terrasse, hier lag kein Teppichboden, also würde sie mir hier mit dem Ungeheuer vom Leib bleiben. Es gab kaum etwas, das ich mehr hasste als Lärm. Außer Rausgehen vielleicht, aber das hatte ich nach diesem verheerenden Ausflug in die Cantina Tirolese vor vielen Jahren eingestellt. Auch Kitty hatte mich nicht mehr vor die Tür locken können, ich wagte mich nur noch bis zur Terrasse vor, und seit Kitty nicht mehr da war, hatte ich auch niemanden mehr, der mich dazu nötigte rauszugehen. Ich war zu einer römischen Wohnungskatze geworden: stolz und verwöhnt, versteht sich. Nun kam Antonella tatsächlich mit diesem Staubsauger in meine Richtung! Ja, was wollte sie denn hier saugen?
„Husch, rein, Francesca, sonst platzt dir noch das Trommelfell!“, schmetterte sie. „Ich will die Polster absaugen! Du hinterlässt schließlich überall deine Haare! Und auf den schwarzen Gewändern der Eminenzen sieht das gar nicht gut aus!“ Antonella kannte kein Erbarmen und kam immer näher. Also tat ich das einzig Richtige: Ich

fauchte den doofen Staubsauger böse an, dann machte ich, dass ich wegkam. Auf meiner Flucht stolperte ich über die Hauspantoffeln meines Kardinals. Dass er bei dem Krach nicht mehr schlafen würde, hätte ich mir ja denken können, doch dass er schon weg war? Seit es dem Heiligen Vater gesundheitlich immer schlechter ging, wurde unsere Routine ganz schön auf den Kopf gestellt. Es war noch nicht einmal halb neun und er war bereits unterwegs! Oder war er gestern Abend gar nicht heimgekommen? Sicherheitshalber sah ich im Arbeitszimmer nach – nein, dort saß er auch nicht. Er war also wirklich schon weg. Unwillkürlich fiel mein Blick auf das Bild von Kitty, das mein Kardinal auf seinem Schreibtisch stehen hatte. Es stand absichtlich leicht schräg, sodass ich es von meinem Körbchen heraus, welches unmittelbar neben dem Schreibtisch stand, auch gut sehen konnte. Die Ähnlichkeiten zwischen Kitty und mir beschränkten sich lediglich aufs Äußere, charakterlich waren wir doch einigermaßen verschieden. Sie mutig und abenteuerlustig, ich eher verwöhnt und, nun ja, alles andere als abenteuerlustig. Auf das mutig wollte ich lieber gar nicht eingehen. Es vergingen nur wenige Tage, an denen ich keine Zwiesprache mit ihr hielt. Ich hätte doch noch so viele Fragen gehabt! Schließlich hatte ich nicht eben viele Gesprächspartner, lediglich Antonella, meinen Kardinal, Conrad und vielleicht noch Georg. Plötzlich schaltete Antonella die Lärmmaschine ab und ging ans Telefon. Wie sie das hatte klingeln hören, war mir ein Rätsel.

„Nein, er ist beim Morgengrauen schon wieder los!“,

hörte ich sie sagen. Ihre Stimme klang traurig und belegt, hatte sie geweint? Und mit wem telefonierte sie eigentlich? Ich lief zielstrebig zu ihr hinüber und strich ihr demonstrativ um die Beine. Sie sollte auf mich aufmerksam werden, schließlich war ich neugierig! Und richtig, es klappte! Während sie mit der rechten Hand den Telefonhörer hielt, streichelte sie mich sanft mit der linken. „Ja, Francesca, gleich gibt's Futter!", flüsterte sie mir zu.

Sie telefonierte weiter, und nach einer Weile konnte ich mir denken, mit wem sie sprach. Mit Georg, dem Bruder meines Kardinals. Antonella hörte Georg noch eine Weile zu, während ihr Gesicht einen Ausdruck von Besorgnis annahm. Sie seufzte zwischendurch mehrfach, offensichtlich hatten sie kein leichtes Thema zu besprechen. Zu blöd, dass ich nicht verstand, was Georg sagte.

„Natürlich halte ich Sie auf dem Laufenden!", versprach Antonella ihm am Ende, was meine Neugier nur noch mehr anstachelte. Worüber wollte sie ihn auf dem Laufenden halten? Meine Güte, warum tat sie heute so geheimnisvoll? So was konnte ich gar nicht leiden. Ich umschmeichelte sie weiter, schließlich kannte ich sie gut genug. Als Katze musste man immer zu gewissen Tricks greifen, man kann seine Menschen ja nicht einfach fragen, wenn man was wissen will. So gern ich das auch getan hätte. Zum Glück gehörte Antonella wenigstens zu den Menschen, die mit uns Tieren redeten, als wenn sie ihresgleichen vor sich hätten. Und Antonella redete gern, am liebsten den

ganzen Tag lang. Im Gegensatz zu ihren Bekannten und zu Conrad widersprach ich ihr nie! Dazu kam: Sie war kein Geheimniskrämer, sie konnte schlichtweg gar nichts vor mir verbergen! Mein Verhältnis zu Antonella hätte nicht besser sein können. Und ich behielt Recht, noch während sie mir etwas Sahne in mein Futterschälchen füllte, begann sie zu erzählen.
„Ach, Francesca, unserem Heiligen Vater geht es wirklich schlecht!", berichtete sie mir und tupfte sich eine Träne aus dem Auge. Ihre Stimme klang sehr besorgt. „Seine Krankheit schreitet immer weiter voran. Bewundernswert, wie er dagegen ankämpft! Er macht so vielen Menschen Mut damit! Doch eigentlich geht das alles über seine Kraft! Ich will gar nicht daran denken, wie das noch enden wird!"
Der letzte Satz war vor lauter Schluchzen kaum zu verstehen. Sie war furchtbar unglücklich und besorgt.

Ein paar Tage später spürte ich es auch bei meinem Kardinal ganz deutlich: Auch er war beunruhigt. Hier ging irgendetwas vor, von dem ich noch nichts wusste, also ging ich der Sache auf den Grund. Schnell stellte ich fest, dass Antonella fast stündlich die Nachrichten hörte, insbesondere wenn vom Heiligen Vater berichtet wurde, drehte sie lauter. Der Gesundheitszustand des Heiligen Vaters war sicher wichtig und so besonders gut ging es ihm ja schon länger nicht mehr, aber so besorgt war sonst niemand deshalb gewesen. Irgendetwas hatte sich verändert. Ich drückte mich den lieben langen Tag bei Antonella herum.

„Wir werden alle älter!“, hörte ich meinen Kardinal zu Antonella in dem Zusammenhang sagen. Ich guckte ihn mir ganz genau an. Ja, auch in seinem Gesicht tat sich etwas: Seine Fältchen um die Augen herum wurden tiefer. Überhaupt sprach er in letzter Zeit immer öfter vom Älterwerden und machte mir damit regelrecht Angst. Schon weil in dem Zusammenhang oft von Pensionierung geredet wurde und ich mir darunter nichts vorstellen konnte.
„Nun ja, eigentlich wollte ich ja schon vor drei Jahren in den Ruhestand gehen, aber seine Heiligkeit hat meine Bitte rundweg abgelehnt!“, seufzte mein Kardinal in einem Gespräch mit Antonella.„So langsam merke ich es auch in den Knochen.“
Die beiden plauderten noch eine ganze Weile, während meine Gedanken abschweiften. Was war das: Ruhestand? Und vor allem: Wo fand das statt? Hier oder woanders? Irgendwie war ich innerlich alarmiert. Andererseits, der Heilige Vater, ob krank oder nicht, hatte diesen Ruhestand ja abgelehnt, also brauchte ich mir wohl keine Sorgen zu machen! Und wenn ich eines von Kitty gelernt hatte, so war es die Weisheit, dass mein Kardinal immer das machen würde, was der Heilige Vater sagt. Und nun sagte er offensichtlich: kein Ruhestand. Zumindest vorläufig.
Der Besuch von Georg war dann endlich mal wieder eine willkommene Abwechselung. Diese angespannten Gesichter überall deprimierten mich schon langsam. Doch auch Georg war alles andere als gut gelaunt, immerhin brachte er mir eine Wollmaus mit und warf

sie auch quer durch die Wohnung, bevor er sich mit meinem Kardinal zu einem Gespräch zurückzog. Da sie die Tür hinter sich geschlossen hatten, musste ich draußen bleiben.

Am Abend tafelte Antonella auf, was Herd und Kühlschrank hergaben. Sie liebte es zu kochen und zu braten und vergas nie, wer was besonders gern mochte. Mich und meine Vorlieben natürlich auch nicht.

„Na, mein Schatz, magst du noch ein bisschen Geflügelleber?“ Ich miaute begeistert. Dieser Abend versprach spannend zu werden, also schlich ich um die drei herum und spitzte die Ohren.

„Wenn der Heilige Vater Sie in Pension gehen lässt, Eminenz, werden Sie dann nach Bayern zurückkehren?“ Conrad hatte die Frage fast schon schüchtern gestellt. Ich sah ihn mir genau an. Sein ehemals schwarzes, dichtes Haar war an den Seiten bereits ergraut, so ganz jung konnte er also auch nicht mehr sein. Und nun griff ausgerechnet er dieses leidige Thema wieder auf! Dabei hatte der Abend so schön begonnen.

„Das hatte ich wirklich überlegt!“, gab mein Kardinal ihm zur Antwort und griff nach seinem Orangensaft.„Das Haus in Pentling wartet ja geradezu auf mich. Dennoch“, er sah Georg lächelnd an, „mag ich die Vorstellung nicht, meine Bibliothek noch einmal über die Alpen schleppen und drüben wieder aufbauen zu müssen. Und mal davon abgesehen, würde ich sie dort auch gar nicht alle unterkriegen, so viel Platz gibt es da gar nicht!“

Die Herren lachten. Ich grübelte. Wollte er nun oder wollte er nicht? Und wenn er wollte, würde er mich dann mitnehmen? Pentling? Dorthin fuhr er gelegentlich, wenn er Georg besuchte. Unruhig strich ich ihm um die Füße. Das waren sehr beunruhigende Neuigkeiten!

Doch auch diese wurden in den folgenden Wochen gegenstandslos. Mein Kardinal war ständig auf Achse, denn unserem Heiligen Vater ging es nach wie vor schlecht. Trotzdem ließ mein Kardinal nicht nach in seinen Bemühungen, für uns alle da zu sein. Für seine Mitarbeiter in der Glaubenskongregation war er trotz der Mehrbelastung durch seine vielen Besuche im Apostolischen Palast immer ansprechbar, selbst für Antonella und mich nahm er sich Zeit. Nur für sich selbst blieb da nicht mehr viel. Dass das nicht gut für ihn war, lag auf der Hand. Also versuchte ich mit List und Tücke, meinen Kardinal wenigstens ab und zu mal abzulenken. Ich hüpfte aufs Klavier und versuchte ihn so zu locken. Wenn Kitty das früher gemacht hatte, hatte es immer geklappt.
„Jetzt nicht, Francesca!“, wiegelte er jedoch dieses Mal ab. Da wusste ich, die Situation war wirklich sehr ernst.

Wie ernst es war, wurde Ende Februar klar. „Der Heilige Vater musste erneut ins Krankenhaus eingeliefert werden, ich denke, dass der Kardinal heute wohl nicht zum Abendessen nach Hause kommen wird!“ Conrad sah bedrückt aus und musste auch gleich wieder los. Schade, ich hatte gehofft, mit ihm spielen zu können.

Das mit dem Krankenhaus hatten wir schon Anfang des Monats hinter uns, trotzdem verschlug es Antonella vor Schreck die Sprache. Ich versuchte, niemandem zwischen die Füße zu kommen, denn die Lage besserte sich in den nächsten Tagen keineswegs. Mein Kardinal war praktisch nur noch zum Umziehen daheim. Die Schatten unter seinen Augen wurden dunkler und ich begann mich ernsthaft zu sorgen. Hoffentlich übertrieb er nicht! Er brauchte doch auch noch Kraft für sich selbst! Antonella war völlig verzweifelt, vor allem, als sie erfuhr, dass man beim Heiligen Vater einen Luftröhrenschnitt durchführen musste. Der Arzt, der das in den Nachrichten erklärte, war nicht zimperlich und Antonella weinte danach eine ganze Weile. Da half es auch gar nichts, wenn ich versuchte, sie zu trösten. Wäre ich eine freilaufende Katze, hätte ich selbst auf dem Petersplatz nachsehen können, was da eigentlich los war, aber so sah ich die vielen Menschen nur im Fernsehen und staunte. Dass die wirklich alle ganz bei uns in der Nähe auf dem riesigen Petersplatz für unseren Heiligen Vater beteten, konnte ich mir kaum vorstellen. Ich versuchte, von der Terrasse aus etwas zu erspähen, doch auch dort war eigentlich alles wie immer.
Wenn mein Kardinal doch einmal nach Hause kam, beschmuste ich ihn sofort und ausgiebig. Schließlich wusste ich ja nie, wie lange er bleiben konnte.
„Ach, Francesca!“, seufzte er, als ich mit einem Satz auf seinen Schoß sprang. Er legte seine Hand auf meinen Kopf und ich schnurrte vor Begeisterung. Dass ihm das auch gefiel, sah ich deutlich. Seine

Augen lächelten endlich einmal wieder, zumindest ein kleines bisschen. Diese Momente waren wirklich selten geworfen. Am liebsten hätte ich ihn ja gefragt, wie das nun mit dieser Pensionierungsgeschichte weitergehen sollte, würden wir umziehen oder nicht, aber ich hatte den Eindruck, als ob das gerade nicht so wichtig war. Der Heilige Vater ging vor.

Es wurde März, bis sich die Situation einigermaßen entspannte, denn so lange blieb unser Heiliger Vater im Krankenhaus. Und als er dann endlich wieder in seinen Vatikan nach Hause durfte, konnte er nicht mehr reden, das erzählte zumindest mein Kardinal der entsetzten Antonella.

„Aber die Osterfeierlichkeiten!“, flüsterte Antonella.

Mein Kardinal schenkte ihr ein aufmunterndes Lächeln. „Auch dafür werden wir eine Lösung finden!“, versprach er.

Als tiefgläubige Frau ging unserer Antonella das Schicksal des Papstes ziemlich nahe. Ebenso wie mein Kardinal eben *mein* Kardinal war, war der Heilige Vater *ihr* Papst. Und ich gönnte ihn ihr auch von Herzen. Deshalb litt sie mit ihm. Und setzte sich sogar über ihre eigenen Prinzipien hinweg, denn normalerweise war es überhaupt nicht ihr Ding, sich zu den Menschenmassen auf dem Petersplatz zu gesellen.

„Ich kann das viel bequemer hier im Fernsehen anschauen!“, war ihr Lieblingsspruch. Doch nun hielt sie nichts mehr in der Wohnung.

„Ich muss da einfach hin, mach also keine Dummheiten, wenn du ausnahmsweise mal hier ganz allein bist!", verwarnte sie mich. Ich hatte gar kein Interesse daran, die Wohnung auseinanderzunehmen, und umgeworfen hatte ich auch schon lange nichts mehr, deshalb zog ich mich einigermaßen beleidigt auf die Terrasse zurück. Als Antonella zurückkam, war sie fix und fertig.

„Nichts zu erfahren!", stöhnte sie. Notgedrungen warteten wir gemeinsam auf meinen Kardinal, doch auch der kam nicht mit guten Neuigkeiten nach Hause.

„Vielleicht kann er sich morgen oder übermorgen den Gläubigen noch einmal zeigen!", sagte er. Seine Stimme klang allerdings alles andere als hoffnungsvoll. Trotzdem ging Antonella am nächsten Tag wieder auf den Petersplatz. Und am übernächsten auch.

„Er stand am Fenster, Francesca! Und er war nur noch ein Schatten seiner selbst! Man würde ihm fast wünschen ..." Sie sprach den Gedanken nicht aus. Auch wenn sie sich ihre Worte verbieten konnte, mit ihren Tränen gelang es ihr nicht. Oh je, so unglücklich hatte ich sie ja noch nie gesehen!

Doch es wurde noch schlimmer. „Die Osterfeierlichkeiten werden ohne den Heiligen Vater stattfinden", hörte ich meinen Kardinal zu Antonella sagen, was ihr wieder die Tränen in die Augen trieb. „Wenn es geht, wird er per Video zugeschaltet."

Sie nickte stumm, mein Kardinal ebenfalls, dann machte er sich wieder auf an seinen Schreibtisch. Selbst Conrad hatte kaum Lust, mit mir durch die Wohnung zu tollen, Wollknäuel zu werfen oder sich von mir beschmusen zu lassen. Er war abgelenkt, wie alle anderen auch.

Ostern wurde dieses Jahr für Antonella zum mentalen Desaster, denn der Heilige Vater war in der Tat so krank, dass er sich den Gläubigen nicht zeigen konnte.
„Ich gehe nicht mehr auf den Petersplatz!“, erklärte sie mir am Ostersonntag. Mein Kardinal war natürlich von Amts wegen unterwegs, deshalb waren wir allein zu Haus. „Er stand schwach am Fenster, nur kurz, um uns stumm den Segen zu erteilen! Ohne seine Stimme ist Ostern doch nicht dasselbe ...“
Nun ja, das konnte ich selbstverständlich nicht beurteilen, stupste sie aber mit meinem Kopf freundlich an, als Geste dafür, dass ich gern für sie da war.
„Ja, Francesca, du verstehst mich!“, interpretierte sie mein Verhalten und füllte mir ein Schälchen mit meiner Lieblingsspeise: Geflügelleber! Wir speisten zusammen und erwarteten unseren Kardinal nicht vor dem Abend. Als er endlich kam und Antonella ihn kulinarisch verwöhnen wollte, wiegelte er ab. „Tut mir leid, ich habe keinen Appetit!“
Nun war ich höchst beunruhigt. Ich sprang aufs Klavier, um ihn zum Spielen zu locken, als das nicht klappte, umschmeichelte ich seine Füße, damit er mich auf den Arm nahm. Auch erfolglos. Ich tigerte eine Weile ziellos durch das Arbeitszimmer, doch er nahm keine Notiz von mir, so sehr war er in seine Gedanken vertieft. Also fasste ich einen Plan: Ich sprang direkt auf seinen Schreibtisch. Auf seinen Schoß war ich früher schon gesprungen, aufs Klavier sowieso, aber niemals auf den Schreibtisch. Der war normalerweise tabu.

Aber in diesen Zeiten war eh nichts mehr normal. „Na, du willst mich wohl mit allen Mitteln ablenken!“, versuchte mein Kardinal ein Lächeln. „Weißt, Francesca, ich bin müde. Es geht zu Ende, das weiß jeder, auch wenn es manche nicht wahrhaben wollen!“ Er sah mich an und doch wieder nicht, fast war es, als würde er durch mich hindurchsehen. Ich fixierte ihn mit meinen grünen Augen. Dann sprach er weiter.
„Es kann nicht mehr lange dauern, Francesca, dann gehen wir in Pension. Wir beide. Die Allerjüngste bist du ja nun auch nicht mehr! Und von mir wollen wir besser schweigen!“
Was wollte er denn damit sagen? Sollte ich nun beleidigt sein? Ich entschied mich dagegen und leckte lieber seine Hand, die vor mir auf der Tischplatte ruhte. Diese besondere Aufmerksamkeit ließ ich ihm nur selten zuteilwerden. Es war längst nach Mitternacht, normalerweise lag mein Kardinal um die Zeit auch schon im Bett. Aber wie gesagt, nichts war mehr normal in diesem Haus.
Noch im Morgengrauen wurde mein Kardinal weggerufen, während mir dieses Wort „Pension“ nicht mehr aus dem Kopf ging. Was hatte er damit gemeint? Er wollte doch nicht irgendwohin gehen? Andererseits, er hatte *wir* gesagt! Und das schloss mich mit ein, entschied ich. Antonella schien sich indes keine Sorgen über diese Pension zu machen, vielleicht wollte mein Kardinal sie auch mitnehmen, überlegte ich. Zogen wir dann alle zusammen zu Georg in dieses Haus, das nicht genug Platz für seine Bücher hatte? Eine merkwürdige Vorstel-

lung! Würde mein Leben vielleicht irgendwann vielleicht dort enden, wo Kittys begonnen hatte: in Bayern?

Mitten in meine Überlegungen platzte die Nachricht vom Tod des Heiligen Vaters. Antonella hatte den Fernseher seit Ostern nicht mehr abgeschaltet, mein Kardinal war rund um die Uhr unterwegs, aber so ging es ja bei ihm schon seit Wochen zu. Dass es am Ende dann doch so schnell ging, kam zumindest für mich überraschend, wenngleich die Menschen um mich herum das anders sahen.

„Seine Krankheit hat es ihm nicht leicht gemacht!", hörte ich Conrad sagen. Er wich, wenn er konnte, meinem Kardinal keine Minute mehr von der Seite. Immerhin hatte er dieses Mal an ein Spielzeug für mich gedacht: einen Karton. Ich liebte es, mich dahinein zu setzen, und manchmal machte er sich den Spaß und schleppte mich darin durch die Wohnung. Ja, wenn er gut drauf war, war unser Conrad richtig lustig.

„Du hast mich ganz schön im Griff, Francesca!", gab er auch unumwunden zu und kraulte mich. So auch an diesem Tag, wenngleich er unter diesen Umständen nicht gerade besonders lustig war.

Antonella nahm den Tod ihres geliebten Papstes sehr schwer. „Es gibt niemanden, der ihn auch nur annähernd ersetzen kann!", stöhnte sie. „Ich muss mich anziehen, Francesca, ich muss ihn noch einmal sehen. Sie haben ihn aufgebart. Das bin ich ihm schuldig!"

Ich verzog mich auf die Terrasse. Himmel und Menschen in Rom. Wenn der Nachrichtensprecher Recht

hatte, war die halbe Welt gerade im Begriff, in unsere Stadt einzufallen. Nichts und niemand brachte mich da auf die Straße!
Sechs Tage später fanden auf dem Petersplatz die Trauerfeierlichkeiten für den Heiligen Vater statt. Und mein Kardinal musste sie leiten, deshalb hatte er in den letzten Tagen und Wochen so viel zu tun gehabt, wurde mir schlagartig klar. Oh je, mein armer Kardinal! Ob diese Last nicht zu viel war?
„Dafür ist traditionell der Dekan des Kardinalskollegiums verantwortlich!“, klärte der Nachrichtensprecher aus dem Fernsehen Antonella und mich auf. Sie schien inzwischen an dem Fernsehsessel festgewachsen zu sein, denn sie bewegte sich nicht mehr davon weg. Von dem graumelierten Herren im schwarzen Anzug erfuhren wir auch, dass unglaubliche dreieinhalb Millionen Pilger extra dafür nach Rom gekommen waren.
„Es ist eine der größten Begräbnisfeiern in der Geschichte des Christentums!“, betonte der Mann im Fernsehen immer wieder, während ich meinen Blick nicht von meinem Kardinal abwenden konnte. Trotz allem, was er in den letzten Wochen geleistet hatte, sah er ziemlich gut aus. In seinem roten Gewand zelebrierte er die Messe und wirkte dabei nicht einmal angespannt. Anders als Antonella, die sich ständig Luft zufächerte, weil sie kurz vor dem Kollaps stand. Ich war zumindest in Gedanken bei meinem Kardinal, der andere Teil meiner Gedanken beschäftigte sich nun mit der Zukunft. Pension, so reimte ich mir zusammen, konnte ja eigentlich nur ein anderes Wort für Umzug sein. Was sollte es

sonst bedeuten? Aber wenn mein Kardinal nun hoffte, dass diese Pension näher kommen würde, hieß das, dass wir umziehen würden? Und wenn ja, wohin? Mussten wir vielleicht schon anfangen zu packen oder war es dafür noch zu früh? Nicht, dass ich nun viele Sachen besessen hätte, aber ich überlegte schon, welche Kuscheldecke ich am liebsten hatte und wie ich dafür sorgen konnte, dass man diese Dinge nicht in dem ganzen Durcheinander, das zweifellos ausbrechen würde, wenn Antonella anfing zu packen, vergaß.

Eigentlich rechnete ich gar nicht damit, dass mein Kardinal an diesem Tag nach Hause kam. Doch er kam. Wenngleich spät. Antonella verließ ihren Platz vor dem Bildschirm, wo indes eine Reportage die nächste jagte, und wirbelte in der Küche herum.
„Nein, Eminenz, Sie müssen essen!“, befand sie und tafelte auf, obwohl mein Kardinal wenig Appetit hatte. Das sah ich ihm an der Nasenspitze an.
„Aber Antonella, wollen Sie ernsthaft, dass ich platze, noch bevor ich in Pension gehen kann?“
„Ach, Eminenz, Sie wollen sich wirklich zur Ruhe setzen? Das kann ich ja kaum glauben! Aber Sie bleiben in Rom, oder?“
Gespannt starrte ich meinen Kardinal an. Kam jetzt endlich die Lösung? Hieß Pension vielleicht gar nicht Umzug?
„Ach, eigentlich habe ich schon Sehnsucht nach der alten Heimat, aber Rom ist mir in den vierundzwanzig Jahren, in denen ich jetzt hier lebe, auch sehr ans

Herz gewachsen. Ich glaube, ein Teil von mir ist auch hier zu Hause. Aber ich werde in jedem Fall Georg ausgiebig besuchen! Und vielleicht aufs Land ziehen, wer weiß? Ich sehne mich jedenfalls nach ein bisschen mehr Ruhe und etwas weniger Arbeit!"
Kein Wunder, stellte ich fest, was in den letzten Wochen aber auch alles an ihm hängen geblieben war! Ich jedenfalls gönnte ihm alle Ruhe der Welt. Und ich entspannte mich praktisch sofort. Nein, mir stand wohl kein Umzug bevor. Ich musste mich auch nicht allein in ein fremdes Land durchschlagen, wenn mein Kardinal nun demnächst in Pension ging. Er wollte bloß weniger arbeiten, das war alles! Und schlimm war das nun weiß Gott nicht! Doch vorher, so erfuhr ich, musste er erst noch mithelfen, einen neuen Papst zu wählen.
„Wenn das Konklave vorbei ist, dann spiele ich dir auch wieder Mozart vor!", versprach mein Kardinal, als er aufbrach, um seine Pflicht zu erfüllen, und strich mir liebevoll über den Kopf. „Dann habe ich auch endlich wieder mehr Zeit für dich!"
Ich sah ihm nach. Und wagte mich dazu sogar bis vor die Wohnungstür. Na, das waren doch Aussichten! Ja, ich freute mich. Auf die Zeit nach dieser Papstwahl. Denn dann, so frohlockte ich, würde mein Kardinal endlich wieder mir gehören!

Wir werden Papst

Antonella rutschte ganz aufgeregt in ihrem Lieblingssessel hin und her. Nein, sie war doch noch nicht festgewachsen, stellte ich fast schon erleichtert fest. Ich hatte mich zu ihr vor den Fernseher verzogen, weil erstens niemand anders daheim war und es zweitens draußen regnete, da war es mir auf der Terrasse zu ungemütlich. Es war Tage her, seitdem wir meinen Kardinal das letzte Mal gesehen hatten. Dass sie ihn zu dieser Wahl wirklich einsperren würden, hatte mir natürlich niemand gesagt! Einsperren! Meinen Kardinal! Ich war erschüttert! Antonella und ich warteten seitdem also wie Millionen von Menschen vor dem Bildschirm auf ein Zeichen. Ich auf eines von meinem Kardinal, sie und die anderen vor dem Fernseher auf ein anderes. Und zumindest meine gute Antonella wurde immer ungeduldiger, obwohl dieser Nachrichtensprecher betont hatte, dass es, wenn man sich nicht über eine Nachfolge einigte, sogar Wochen dauern könne! Wochen! Das musste man sich mal vorstellen! Mein armer Kardinal, für ein paar Wochen weggesperrt und mit ihm alle Kardinäle gleich dazu.

„Was soll das nur sein?“, brummte Antonella und lenkte meine Aufmerksamkeit wieder auf den leidigen Fernsehapparat. „Man kann ja gar nichts erkennen!“, beschwerte sie sich und starrte auf die Rauchwolke, die aus dem Schornstein stieg, den das Fernsehbild in Großaufnahme zeigte.„Was soll denn das nun sein?“, ärgerte sie sich.„Welche Farbe ist das denn nun? Weiß oder schwarz?“ Sie stand auf, vielleicht weil sie hoffte, dass eine andere Perspektive ihr mehr Klarheit verschaffen würde, umsonst. Also setzte sie sich wieder. Wenn sie mich gefragt hätte, ich hätte grau gesagt, aber sie fragte mich ja nicht. Dann wurde es plötzlich hektisch auf dem Bildschirm. Menschen jubelten, die Sprecher rätselten weiter, einer sagte Weiß, der andere Schwarz, am Ende einigte man sich auf Weiß. Warum man um ein bisschen Qualm so ein Gewese machte, blieb mir ein Rätsel. Doch Antonella schien das Ergebnis der Diskussion zu beruhigen. Sie hob mich hoch und kraulte mich selig. „Weißt du, Francesca, die Farbe des Rauches sagt uns, ob die Kardinäle einen neuen Papst gewählt haben oder nicht!“, klärte sie mich auf. „Und weißer Rauch heißt ja!“ Na, das war doch endlich mal eine Ansage! Als sich die Türen auf dem Balkon des Apostolischen Palastes öffneten und drei Männer heraustraten, setzte sie mich auf den Boden und starrte gespannt auf den Bildschirm. Durch unsere offene Terrassentür konnten wir den frenetischen Beifall, mit dem sie gefeiert wurden, sogar hören. Der Mann in der Mitte sah besonders prächtig aus. War er der neue Papst? Und vor allem: Kam mein Kardinal nun endlich nach Hause? Ich konnte es gar nicht mehr abwarten, ihn wiederzusehen. Antonella hielt fast die Luft an, als der Mann nach einer Weile feierlich verkündete:

„Liebe Brüder und Schwestern, ich verkünde euch große Freude. Wir haben einen Papst: Seine Eminenz, den hochwürdigsten Herrn Josef,

der Heiligen Römischen Kirche Kardinal Ratzinger, welcher sich den Namen Benedikt XVI. gegeben hat!"

Was sollte das denn heißen? Ich guckte Antonella an, doch mit der passierte nun Erstaunliches. Sie öffnete den Mund, blieb aber stumm, dann sprang sie plötzlich auf und griff sich an die Brust. Gefiel ihr nicht, was der Mann da gerade verkündet hatte? Sie sah regelrecht schockiert aus.

„Heilige Mutter Gottes, Himmel, ach, so was aber auch …", seufzte und stöhnte sie, während ich instinktiv in Deckung ging. Was um alles in der Welt hatte dieser Mann da eben nur gesagt? Doch weder Antonella noch der Mann im Fernsehen waren zu weiteren Erklärungen bereit. Die Menschen jubelten. Und wie! Dann passierte erst einmal eine Zeit lang gar nichts auf dem Bildschirm, draußen jubelten die Leute immer noch und dann ging es los: das Telefon!

„Ja, ich habe es gesehen. Und gehört, ja, also, ich weiß nicht …" Antonella sauste hektisch mit dem Telefon in der Hand wieder zu mir vor den Bildschirm. Um ja nichts zu verpassen, drückte sie einfach die Aus-Taste am Telefon. Als sie ihren Irrtum bemerkte, war es zu spät, es klingelte erneut, während sich auf dem Petersplatz vorläufig nichts weiter tat, außer dass die Leute sich wie verrückt freuten.

„Nein, in dem Alter? Ich? Damit gerechnet? Aber wo denken Sie hin …" Antonella verfiel fast in eine Schnappatmung und beendete ihr Gespräch schon Sekunden später. Als das Telefon nun erneut schellte

und sich die Balkontüren gleichzeitig auf dem Bildschirm zu öffnen begannen, schaltete sie das Telefon aus.
„Sieh genau hin, Francesca!“, verlangte sie und drehte den Ton weiter auf, was insofern unsinnig war, als dass niemand wirklich etwas sagte. Dafür hörten wir die Menschen nun noch lauter jubeln. Während Antonella wie gebannt auf den Bildschirm starrte, verfolgte ich das Treiben eher gelangweilt. Mein Magen knurrte. So langsam könnten sie sich mal beeilen, sonst würde das heute nichts mehr mit meinem Abendessen werden. Dann geschah es! In Begleitung vieler rotgewandeter Herren im vorgerückten Alter betrat ein ganz in Weiß gekleideter Mann unter frenetischem Beifall den Balkon. Um den Hals trug er eine Art Schal, der golden schimmerte. Doch das, war es nicht, was mich so überraschte. Der Mann, der dort stand, war mein Kardinal! Und er lächelte! Die Menschen waren nun nicht mehr zu halten. Antonella schossen die Tränen in die Augen und sie schnappte nach Luft, während mir mein Instinkt sagte, dass das alles gar nicht gut war und ich sicher keinen wirklichen Grund zur Freude hatte. Mein Kardinal jedoch strahlte weiter. Die Anstrengungen und Sorgen der letzten Wochen und Monate schienen wie aus seinem Gesicht weggelöscht, musste ich zugeben. Er lächelte und ließ seinen Blick über die Menge schweifen. Ob er ahnte, dass ich hier saß und zusah? Entspannt ergriff er das Wort und fasziniert lauschten Antonella und ich seiner Stimme. Auch als er längst fertig und wieder hinter den Balkontüren verschwunden war, saß Antonella noch wie angewurzelt in ihrem

Sessel. Den Finger fest am Aus-Knopf des Telefons.
„Heilige Mutter, Francesca, das ist vielleicht eine Aufgabe für unseren Kardinal. Oh!“ Sie hielt sich erschrocken die Hand vor den Mund. „Wie muss ich ihn denn nun nennen? Heiliger Vater? Papst? Oder reicht Eminenz?“ Sie guckte nun ausgerechnet mich an! Als ob ich ihr da hätte irgendwie helfen können. Konnte ich nicht, stattdessen verdaute ich das eben Gehörte. Mein Kardinal war der neue Heilige Vater? Was sollte das denn heißen? Wir wollten doch in Pension gehen! Jetzt, wo ich wusste, dass er mich in diese Pension mitnehmen wollte, hatte ich mich gerade an die Vorstellung gewöhnt.
„Dieser Tag, Francesca, wird in die Geschichte eingehen!“, dozierte Antonella nun. „Stell dir mal vor: Ich arbeite für den Heiligen Vater! Und du erst! Es ist nicht zu fassen!“
Nein, das war es wirklich nicht. Da sie den Knopf am Telefon nun wieder losgelassen hatte, begann es wieder zu klingeln.
„Ja, natürlich, wie könnte ich das verpassen – nein, von ihm habe ich noch nichts gehört! Er wird jetzt andere Sorgen haben ...“
Ich verkrümelte mich in die Küche und schlich um meinen leeren Napf herum. Mein Magen knurrte, doch der Appetit war mir vergangen. Was Antonella als Sensation feierte, löste in mir ein wahres Gefühlschaos aus. Was sollte denn nun werden?

Es dauerte noch bis zum nächsten Morgen, dann kam endlich Conrad zu uns. Auch er war immer noch ganz aus dem Häuschen.
„Na, Francesca, wie findest du das?“, fragte er und kraulte mich hinterm Ohr. Da wir uns zwar blendend verstanden, allerdings keine große Konversation pflegten, war die Frage wohl eher rhetorischer Natur. Ich wollte ja eigentlich nur wissen, wann er denn endlich wieder nach Hause kam. Doch statt mir diese Frage zu beantworten, packte Conrad ein paar Sachen meines Kardinals zusammen.
„Nur das Nötigste!“, betonte er. Antonella ließ ihn nicht aus den Augen. „Er muss sich um so viele Dinge jetzt kümmern, da will ich ihm abnehmen, was ich kann. Am besten bleiben Sie mit Francesca erst mal hier. Ich denke, der Heilige Vater wird dann in den nächsten Tagen oder Wochen entscheiden, was und wie alles organisiert werden muss.“
Wochen? Ich war entsetzt. Sollte ich jetzt ein paar Wochen darauf warten, dass man mich zu ihm brachte? Wir waren im Arbeitszimmer angekommen und Conrad packte ganz geschäftsmäßig nicht nur das Bild von der seligen Maria, sondern auch das von Kitty mit ein. „Das wird er sicher haben wollen!“, murmelte er. Ich fauchte ein bisschen. Dachte hier jemand auch mal an mich? Keine Chance, Conrad überhörte es, und auch Antonella hatte keinen Blick für mich übrig. Stattdessen packte sie ein paar Sachen zusammen. Die meinten das wirklich ernst!
Als Conrad mit den Sachen gegangen war, blickte ich

deprimiert auf den leeren Platz auf dem Schreibtisch. Kittys Bild hatte er eingepackt. Und mich hatte er hiergelassen. Wie sollte es nun weitergehen?

Während das Telefon schon wieder klingelte und ich immer noch auf den Fleck starrte, von dem aus mich sonst Kitty immer angeguckt hatte, erinnerte ich mich plötzlich an etwas.
„Lass ihn bloß nicht weg, sonst hast du etwas vor dir ...“, hatte Kitty mir eingeimpft. Ob sie damit eine Situation wie jetzt gemeint hatte? Wusste oder ahnte sie es etwa schon Jahre, bevor es passierte? Oder meinte sie damit lediglich ihre eigenen Erfahrungen? Ich hatte ihre Geschichten geliebt, aber nachmachen hatte ich das nicht wollen. Vielleicht hatte sie deshalb immer versucht, mich nach draußen zu scheuchen, damit ich mich im Notfall an seine Fersen heften konnte und vorbereitet war? Meine Stimmung sank immer mehr in den Keller. Wie lange hatte Kitty damals gewartet? Monate? Nein, so viel Geduld hatte ich nicht! Ich sinnierte weiter. Wenn ich mich recht erinnerte, hatte sie mir sogar einmal gezeigt, wo der Heilige Vater wohnte! Drei Fenster in diesem Haus direkt am Petersplatz. Bis dahin war es wirklich nicht weit gewesen! Das sollte selbst für mich sensibles Wohnungskätzchen zu machen sein. Und wenn ich mich einigermaßen gescheit anstellte, würde ich schon mein Abendessen wieder mit meinem Kardinal einnehmen. So was wie Geflügelleber würde es ja wohl auch dort geben, hoffte ich.
Mein Plan stand jedenfalls, ich würde einfach alleine zu

ihm gehen! Doch vorher sollte ich vielleicht noch etwas essen. Mein Frühstück war zwar gerade erst zwei Stunden her, trotzdem schlich ich so lange um meinen leeren Napf herum, bis Antonella ihn auffüllte. Dann schlug ich mir den Bauch voll und schlich zur Terrasse. Der Ast, über den ich früher mit Kitty immer eingestiegen bin, war längst weg. Er war damals ja schon morsch gewesen. Nun starrte ich verdrießlich auf den Baum – wie sollte ich da nun hinüberkommen? Drinnen schellte es indes an der Tür. Ich hörte Antonella zur Tür gehen und entschied: Ich würde lieber den Aufzug nehmen!
Mit wenigen Sätzen war ich an der Wohnungstür. Ein Bote brachte bergeweise Blumen, so viele, dass Antonella gar nicht wusste, wie sie die alle auf einmal fassen sollte. Das war meine Chance. Ich huschte durch die angelehnte Tür und wartete vor dem Aufzug auf den Boten. Der war so mit seinem Telefon beschäftigt, dass er mich gar nicht bemerkte. Mit ihm fuhr ich nach unten und der junge Bursche war sogar so nett, mir die Haustür zu öffnen. Ehe ich mich versah, stand ich auf der Straße! Na, das war ja einfacher als gedacht. „Husch, husch, Kätzchen!", hörte ich eine Stimme über mir und machte entsetzt einen Sprung zur Seite. Ich stand auf dem Fußweg, und außer mir gab es hier unzählige Fußgänger, die alle konsequent in eine Richtung eilten: in meine! Ich drückte mich an die Hauswand und peilte die Lage. Die Massen stürmten auf den Petersplatz zu, so viel war klar. Und genau da musste ich hin! Mein Herz zersprang fast vor Aufregung. Viele Menschen auf einem Haufen waren mir

ein Gräuel. Dazu hupten unentwegt Autos. Und erst dieser Gestank! Keine Frage, es war eine gute Entscheidung gewesen, drinnen zu bleiben die letzten Jahre, doch nun musste ich mich auf die Pfoten machen. Sonst würde ich meinen geliebten Kardinal, der nun der Heilige Vater war, nicht wiedersehen. Ob Kardinal oder Papst war mir im Grunde genommen ja auch herzlich egal, ich wollte zu ihm! Außerdem, hatte er mir nicht versprochen, für mich Mozart zu spielen? Auch ein Papst sollte sein Versprechen einlösen, fand ich. Zumindest dann, wenn er es mir gegeben hatte.

Ich gab mir einen Ruck und setzte mich in Bewegung. Immer schön an der Hauswand lang und ganz vorsichtig, damit ich keinem der Menschen zwischen die Füße geriet. Eine Weile ging das sogar ganz gut, mutiger wurde ich deshalb trotzdem nicht. Als ich mich zwangsläufig von der Hauswand trennen musste – ich wollte ja weiter und nicht an der Ecke stehen bleiben –, wurde mir ganz flau im Magen. Schnell huschte ich mit den Massen über die Straße. Die Autos kamen bedrohlich näher und ich lief, was das Zeug hielt. Unversehens landete ich mitten auf dem Fußweg und hatte Mühe, nicht zwischen die vielen eiligen Menschenfüße zu geraten. Ich hatte den Petersplatz schon fast erreicht, als es passierte. Mein Blick schweifte, auf der Suche nach einem Weg jenseits der Menschenmassen, in eine schmale Gasse hinein, als mir plötzlich jemand böse auf den Schwanz trat.

Ich miaute vor Schmerz laut auf,

doch damit machte ich es noch schlimmer. Der Mann sah zu mir runter, bemerkte seinen Fehler und wurde im gleichen Moment von hinten angerempelt. Nun näherten sich mir aus allen Richtungen beschuhte Füße, es wurde immer enger und ich wusste gar nicht, wie mir geschah. Mit einem Fauchen flüchtete ich in wilder Panik davon und landete mitten auf der Straße. Jemand hupte wie wild, ein paar Passanten schrien. Ich sauste in Todesangst davon, ohne nachzudenken und ohne bewusst zu entscheiden, welchen Weg ich einschlug. Ich hetzte immer weiter zwischen den vielen Füßen und Beinen hindurch, über Straßen und Fußwege, und immer wenn ich dachte, dass mich jetzt gleich und auf der Stelle meine Kräfte verließen, mobilisierte ich noch eine Reserve. Ich war im besten Katzenalter, zwar untrainiert, stand aber gut im Futter. Ich lief und lief und wurde erst langsamer, als ich die größten Massen hinter mir gelassen hatte. Doch auch jetzt gönnte ich mir keine Pause. Ich erreichte eine Brücke, auf der es ziemlich laut zuging, also flitzte ich wieder los und lief so lange, bis mir die Puste ausging. Nun marschierte ich langsamer weiter. Ich wagte nicht, Halt zu machen, denn die ganze Welt schien hier auf den Straßen Roms umherzuspazieren. Ich verließ die große Straße, schlug mich durch ein Wohnviertel, doch es dauerte noch eine ganze Weile, bis ich einen Platz zum Verschnaufen fand. Eine Toreinfahrt, die in einem Hinterhof mündete, erschien mir dafür wie gemacht. Kein Auto weit und breit und Passanten erspähte ich hier auch nicht. Nun erst spürte ich, wie erschöpft ich war. Meine Reserven waren aufgebraucht, alle Akkus leer. Ich ließ mich in das kleine Beet fallen und schloss die Augen. Nein, nachdenken würde ich später, jetzt brauchte ich erst mal eine Pause.

Als ich meine Augen öffnete, war ich immer noch ganz allein in diesem Hinterhof. Mist, ärgerte ich mich, es war genau das passiert, was nicht hätte passieren dürfen: Ich hatte die Nerven verloren! Große Menschenmassen machten mir einfach Angst. Am liebsten wäre ich jetzt schmollend im Gras liegen geblieben, aber ich ahnte, dass mich das nicht wirklich weiterbringen würde. Also erhob ich mich und marschierte langsam zur Einfahrt hin. Dort schaute ich mich vorsichtig um. Wo war ich hier gelandet? Ratlos entschied ich mich dafür, nach links zu gehen, zumindest sah es in dieser Richtung nicht ganz so voll aus. Wo immer ich größere Menschenansammlungen sah, machte ich, dass ich wegkam. Ich hielt mich an Nebenstraßen, und wenn meine Abneigung gegen Klettereien jeder Art nicht so groß gewesen wäre, hätte ich ja vielleicht auch über ein paar Mauern klettern können. Innerlich verfluchte ich mich bereits für meine Schnapsidee, ohne Plan einfach loszulaufen. War ich über den Petersplatz geflohen oder schon davor abgebogen? Ich konnte es nicht sagen. Es ging eine Weile hoch und runter. Dass Rom so hügelig war, hatte ich gar nicht gewusst. Unvermittelt landete ich auf einem kleinen Platz und damit schon wieder im Gedränge. Es war zum Verzweifeln! Ich versuchte, mich wieder an eine Hauswand zu drücken, jedoch wurde ich in meinem Bemühen, den vielen Füßen auszuweichen, immer weiter auf den Platz

gedrängt. Ich rettete mich ein paar Stufen hinauf und schaute auf. Direkt auf eine Hauswand mit unzähligen Säulen, aus der Wasser floss! Was war denn das?
„Na – zum ersten Mal hier?" Fauchend fuhr ich herum und starrte direkt in das Gesicht eines rotgescheckten Katers. „Ich bin Uno!", stellte er sich vor. „Meine Mutter gab mir diesen Namen, weil ich ihr Erstgeborener bin!"
„Aha – ich bin Francesca", murmelte ich. „Was ist das?"
„Das ist die Fontana di Trevi", klärte er mich auf und bedeutete mir, weiter nach rechts zu gehen. Offensichtlich kannte er sich hier aus, denn dort befand sich eine Stelle, die für Menschen abgesperrt war.
„Ist es hier immer so voll?", fragte ich und ließ meinen Blick über die Menschenmassen schweifen.
„Ja, eigentlich schon!", gab Uno zu. „Der Brunnen ist sehr beliebt. Er ist aber auch schön, nicht wahr?"
Dem konnte ich nur zustimmen. Doch Uno redete bereits weiter. „Nachts ist er am schönsten", meinte er, „da ist er angestrahlt."
Seine Augen leuchteten bei der Vorstellung, während mir ganz mulmig wurde.
„Sag mal, dieser Brunnen, liegt er vielleicht in der Nähe des Petersplatzes?"
Uno schien zu überlegen. „Ich weiß nicht, ich habe noch nichts davon gehört. Aber das muss nichts heißen, ich bin ja immer nur hier oder in den nahegelegenen Straßen! Zu weit gehe ich von zu Hause selten weg. Hast du dich verlaufen?"

„Ja“, gestand ich. Leugnen wäre ohnehin zwecklos gewesen.
„Ich kann dir sagen, wie du zum Pantheon kommst!“, bot Uno an. Dort treiben sich regelmäßig ein paar Streuner rum, die wissen vielleicht was über diesen Platz!“
Da ich keine bessere Idee hatte, stimmte ich zu, und Uno setzte zu der umständlichsten Beschreibung an, die ich je gehört hatte.
„Du gehst jetzt hier geradeaus die Via Delle Muarate entlang, bis sie die Via Del Corso kreuzt. Davon lässt du dich aber nicht abhalten, sondern siehst zu, dass du irgendwie über die Straße kommst. Da gibt es Ampeln für die Menschen, am besten schlängelst du dich mit durch. Renn auf keinen Fall quer drüber, das ist viel zu gefährlich! Auf der anderen Straßenseite musst du die Via Montecatini nehmen, die kurz darauf auf den Piazza Sant Ignazi mündet. Den überquerst du in Richtung Via Del Seminario. Die läufst du immer weiter und stößt so links auf den Pantheon. Ganz einfach!“
Nun, das mochte ja stimmen, nur wie bitteschön sollte ich denn die Straßennamen herausfinden? Ich wusste doch noch nicht mal unsere Adresse! Scheinbar machte ich auf Uno einen sehr ratlosen Eindruck, denn er wiederholte seine Beschreibung noch einmal.
„Oder geh mit der Gruppe da mit!“, schlug er vor, als er merkte, dass ich mit seinen Ausführungen nicht viel anfangen konnte. „Ich habe vorhin gehört, dass sie sich da drüben an dem Café treffen und alle gemeinsam zum Pantheon gehen wollen. Da, siehst du, sie sammeln sich schon! Viel Glück!“

Ehe ich mich versah, drängte mich Uno in Richtung Menschenmassen. Oh je, das konnte ja heiter werden. Ich hielt mich in gebührendem Abstand an der Hauswand. Uno war bereits mitten in den Massen verschwunden. Was hätte ich nun dafür gegeben, seinen Orientierungssinn oder wenigstens Kittys Mut zu haben! Ach, Kitty! Wenn du nur hier wärst!, dachte ich wehmütig.
„Ach, guck mal, die Katze dort, die hat sicher Angst, weil sie so kläglich miaut!“
Jetzt waren auch noch zwei alte Frauen auf mich aufmerksam geworden. Ehe sie mir zu nahe kommen konnten, setzte ich mich in Bewegung. Zum Glück marschierte die Gruppe jetzt auch los. Ich hielt mich dicht hinter ihnen, um sie nicht zu verlieren. Immerhin war es nicht besonders weit. Nur die riesige Hauptstraße, auf der ganz furchtbar viele Autos vorbeisausten, jagte mir einen Schrecken ein. Aber auch hier behielt ich einen kühlen Kopf, und als wir nur Minuten später auf der anderen Straßenseite in einem engen Viertel verschwanden, wurde mir auch wieder wohler. Jedoch nicht lange, denn die ganze Gegend sah nicht so aus, als würde es hier gleich um die Ecke zum riesigen Petersplatz gehen. Alles war eng und verschachtelt. Ganz offensichtlich hatte ich mich heillos verlaufen.
Meine Gruppe marschierte direkt auf das große Gebäude an der Ecke zu und sammelte sich um den Mann mit dem lustigen Hütchen, der sie die ganze Zeit angeführt hatte.
„Der Pantheon gilt landläufig als das wohl perfekteste Gebäude Roms!“, hörte ich ihn sagen. „Er ist fast

zweitausend Jahr alt und wurde architektonisch nicht verändert. Deshalb gilt der Pantheon auch als das wohl am besten erhaltene antike Bauwerk Europas. Die Kuppel ist größer als die des Petersdoms …"
Petersdom? Der Petersdom am Petersplatz? Ich wurde hellhörig, leider schweifte der gute Mann jetzt zum geschichtlichen Teil ab.
„Bist du auf Besichtigungstour oder suchst du etwas?"
Woher die kleine schwarze Katze auf einmal gekommen war, hatte ich gar nicht mitbekommen. Mein Magen knurrte, was sie natürlich mitbekam.
„Ich bin Lara", stellte sie sich vor. „Und ich lebe eigentlich am Forum. Hierher komme ich nur manchmal. Du hast Glück, nette Menschen stellen uns immer Futter hin, wenn du willst, kannst du mitkommen!"
Sie musterte mich mitleidig, offenbar sah ich genauso verloren aus, wie ich mich fühlte.
„Ich suche eigentlich den Petersplatz!", sagte ich. „Ich wollte nur kurz aus der Tür raus, über den Platz und dann zum Papst! Weißt du, mein Kardinal ist nämlich seit gestern der Heilige Vater!"
Was für mich die selbstverständlichste Sache der Welt war, beeindruckte meine Bekanntschaft sehr.
„Du kommst aus dem Vatikan? Und hast dich bis hierher verlaufen? Oh, dann hast du aber wirklich einen langen Weg vor dir. Und wenn du dich dazu nicht mal auskennst …"
„Nein, ich kenne mich nicht aus, aber vielleicht kennst du jemanden, der mir sagen kann, wie ich wieder zurückkomme? Bitte!", flehte ich. „Ich will zu meinem

Kardinal, ähm, Papst, oder zumindest wieder zurück zu Antonella, hilf mir!"
Während mich Lara weiter undurchsichtig anstarrte, wuchs meine Verzweiflung. Es dämmerte bereits und bald würde es stockfinster sein. Mein Orientierungssinn war eine Katastrophe, und wenn Lara Recht hatte, würde ich für den Rückweg lange brauchen!
„Komm erst mal mit zum Forum!", schlug sie vor. „Dort gibt es viele Katzen. Irgendjemand wird dir den Weg schon erklären können!"
Das klang nach einem Plan. Ich warf einen letzten Blick auf diesen Pantheon, dann folgte ich Lara. Sie war so freundlich, sich meinem Tempo anzupassen. Wir liefen durch eine enge Gasse und landeten an einem großen Haus.
„Das ist Santa Maria Sopra Minerva", erklärte mir Lara und lief weiter. „Wir huschen jetzt am Palazzo Altieri vorbei und betreten das Forum von der Seite. Von hier aus gesehen, ist das der kürzeste Weg."
Ich erhob keinen Einspruch. Mir schwirrte schon der Kopf von all den Namen, die mir hier ständig um die Ohren gehauen wurden. Doch Lara fasste mein Schweigen als Einladung auf, weiter zu sprechen. Offenbar liebte sie Erklärungen.
„Weißt du, Vittorio Emanuelle II., für den dort vorn ein Denkmal steht, soll sieben Katzen gehabt haben!", dozierte sie, während wir uns durch die Gassen der Altstadt schlängelten. Nein, das wusste ich nicht, aber das konnte sich Lara sicher denken, ärgerte ich mich. Dass diese römischen Straßenkatzen aber auch immer

alle so mit ihrem Halbwissen angeben mussten! Doch ich schwieg und hörte zu. Besser mit ihr gemeinsam diesen Menschenaufläufen und Straßenkreuzungen begegnen als allein. Lara wurde immer schneller, vor allem, als wir in die Nähe großer Straßen kamen. Aber sie kannte sich aus, wusste, wie man sie überquerte, ohne unter einem Auto zu landen oder von den Menschen getreten zu werden. Ich beobachtete sie genau und machte alles, so wie sie es auch machte. Als wir an einem riesigen und imposanten Gebäude angekommen waren, das mitten auf einer Straße zu stehen schien, stoppte Lara kurz.
„Das ist das Monument des großen Katzenfreundes Vittorio Emanuelle II.“, sagte sie. „Und das hier“, sie deutete mit ihrem Kopf Richtung Straße, „ist die Piazza Venezia. Da ist immer viel los. Wir müssen vorsichtig sein. Und schnell. Los, komm!“
In atemberaubender Geschwindigkeit jagte Lara nun über die vielspurige Straße und ich machte, dass ich hinterherkam. Zum Glück vergaß ich, vorher darüber nachzudenken, sonst hätte ich sicher keinen Schritt auf die Fahrbahn getan. Drüben angekommen, waren wir ganz außer Puste. Lara fasste sich als Erste wieder und sagte: „Gleich sind wir da. Die meisten Besucher Roms lassen sich das Forum Romanum nicht entgegen, was ich ehrlich gesagt nicht verstehe.“ Sie miaute abfällig. „Ehrlich, dort gibt es kein einziges erhaltenes Gebäude, nur Ruinen und Grundmauern. Aber die Menschen finden es wohl spannend, die Hügel hoch und runter zu kraxeln und sich auszumalen, wie es frü-

her dort mal aussah. Wenn du mich fragst, das taugt höchstens als Unterschlupf für uns Straßenkatzen. Sag mal, wie heißt du eigentlich?"
„Francesca", antwortete ich brav und fragte, ob sie eine echte Straßenkatze sei.
„Ich habe noch nie mit Menschen zusammengewohnt", erklärte Lara mit einigem Stolz. „Ich bin in der Katzenkolonie am Forum geboren. Aber keine Angst, dorthin gehen wir nicht, heute lebe ich, wie viele andere auch, in den Ruinen. Dort ist es schön ruhig, die Menschen bleiben hübsch hinter den Absperrungen, und einige nette Leute bringen uns sogar Futter. Alles in allem ein sehr angenehmes Leben, ich vermisse gar nichts, kann hingehen, wo ich will, wann immer ich will. Und du? Hast du immer nur drinnen gewohnt?"
Ich bejahte ihre Frage.
„Aber warum bist du überhaupt rausgegangen?", fragte sie verwundert.
„Weil mein Kardinal doch Papst geworden ist. Und damals, als der Heilige Vater ihn nach Rom gerufen hat, ist Kitty, meine Pflegemama, sogar von München aus hierhergekommen. Da habe ich gedacht, das schaffe ich auch! Ich wollte doch nur zum Petersplatz. Dass das so weit ist und ich mich auch noch verlaufen würde, damit hatte ich doch nicht gerechnet!"
Lara wollte mich aufmuntern. „Wir finden schon jemanden, der dir den Weg erklärt. Spätestens morgen früh!", versicherte sie mir.
Nach weiterem Hin und Her durch die Gassen von

Rom landeten wir endlich am Forum Romanum. Und Lara hatte zumindest in einem Recht behalten: Es war schön ruhig hier und Autos gab es auch keine. Sofort entspannte ich mich. Sie zeigte mir, wo ich etwas zu fressen finden würde, doch dieses merkwürdige Dosenfutter mochte ich nicht. Andererseits, die Hoffnung auf Geflügelleber zum Abendbrot konnte ich nun vollends aufgeben. Wehmütig dachte ich an meinen Futternapf in der Küche. Ob Antonella mich schon vermisste? Oder mein Papst? Ob man ihm überhaupt sagen würde, dass ich mich auf die Suche nach ihm gemacht hatte? Schlagartig wurde mir bewusst, wie leichtsinnig mein Plan gewesen war. Wäre ich nicht so ungeduldig gewesen, könnte ich jetzt sicher und kuschelig mein Abendessen einnehmen. Irgendwann, so ging mir auf, würden sie meinem Papst auch die Bücher und alles Weitere hinterherbringen – das wäre meine Chance gewesen. Schuldbewusst dachte ich an Kitty. Sie hatte sich damals Monate geduldet, während ich nicht mal ein paar Tage hatte warten wollen. Was sollte ich denn nun tun? Ich fühlte mich wie ausgesetzt! Dabei war ich selbst schuld an meiner Misere.

Ich kletterte auf den Hügel, während sich die anderen Katzen bereits einen Schlafplatz in den Ruinen suchten. Die Sonne war fast untergegangen und ich reckte meinen Kopf in die Höhe. Doch den Vatikan, so wie ich ihn aus dem Fernsehen kannte, entdeckte ich nirgendwo. Und instinktiv wusste ich, dass das kein wirklich gutes Zeichen war. Ich schloss die Augen und stellte mir ganz fest das Gesicht meines geliebten Papstes vor. Ja, er war wirklich Papst geworden. Eigentlich eine gute Sache, redete ich mir ein. Denn jetzt konnte ihn niemand mehr irgendwohin rufen. Nun musste ich ihn nur noch finden, dann würde alles gut werden. Mit diesem Gedanken schlief ich ein.

Ich wachte auf, weil es mir ins Gesicht tropfte, und ich brauchte auch erst einmal eine Weile, um mich zu orientieren. Wo um alles in der Welt war ich eigentlich? Und wo war Antonella? Hatte ich etwa auf der Terrasse geschlafen? Mich fröstelte. Dann fiel es mir wieder ein und ich machte einen Satz aus der Ruine hervor, in die ich mich am Abend zuvor zum Schlafen gelegt hatte. Es regnete. Und es war mir auch deutlich zu frisch. Normalerweise hätte ich bei dem Wetter die Terrasse gemieden, doch hier gab es ja nicht einmal etwas, wo ich mich unterstellen konnte. Denn die meisten Ruinen besaßen kein Dach mehr.
„Na, ausgeschlafen?“ Ich war erleichtert, Lara wiederzusehen.
„Ich habe mich umgehört“, verkündete sie. „Das mit dem Vatikan sollte gar nicht so schwer sein, obwohl es ein gutes Stückchen weg ist. Leider hat sich keiner bereiterklärt, dich dorthin zu bringen, und ehrlich, Francesca, mir ist das auch zu weit. Es ist nicht mein Revier, verstehst du?“
Klar verstand ich das. „Aber du kannst mir ja vielleicht sagen, wie ich dorthin komme?“, bat ich. Gemeinsam suchten wir den Futterplatz vom letzten Abend auf. Leider hatte sich keiner gefunden, der etwas nachgefüllt hätte, sodass wir uns mit den Resten zufrieden geben mussten.

„Bei dem Wetter kommen nicht so viele zum Füttern", klärte mich Lara auf. „Willst du dir das Forum Romanum denn nicht wenigstens ansehen, wenn du schon mal hier bist?"
Noch mehr Ruinen? Bei dem Wetter? Auch auf die Gefahr hin, dass ich sie beleidigte, lehnte ich ab. „Ich will so schnell wie möglich zurück!", erklärte ich ihr.
Wir machten uns auf, einen alten Kater zu suchen, der den Weg angeblich genau kannte. Dummerweise war er schon weg.
„Er kommt heute Abend zurück!", erklärte mir Laura, nachdem sie zwei ganz scheue braune Katzenmädchen gefragt hatte. „Willst du so lange warten? Wir könnten uns zusammen die Zeit vertreiben."
„Nein, danke Lara, aber ich muss gehen. Vielleicht finde ich ja eine Kirche oder so. Meine Pflegemama hat mir früher immer erzählt, wie sie damals unseren Kardinal wiedergefunden hat. Sie hat ihn in den Kirchen gesucht, weil da so viele Brüder und Schwestern herumlaufen. Und denen ist sie dann gefolgt."
Lara stutzte einen Moment. „Da fällt mir was ein!", schnurrte sie. „Dort unten am Kolosseum gehen auch Nonnen ein und aus. Das Kolosseum ist wohl eines der bekanntesten Bauwerke in Rom. Jeder, der hier ist, besucht es."
„Danke, Lara, das ist ein wunderbarer Tipp, ich mach mich gleich auf dem Weg!", unterbrach ich sie fast unfreundlich, denn der Regen wurde stärker und ich wollte rasch ins Trockene kommen. Ich marschierte den Hügel wieder hinab und landete direkt vor dem

Gebäude, das Lara eben als Kolosseum bezeichnet hatte. Nonnen oder Männer in schwarzen Gewändern sah ich nicht, dafür alberten zwei andere merkwürdig verkleidete Gestalten gerade mit einer Gruppe Touristen herum. Sie trugen weite Umhänge und drunter so etwas wie einen eisernen Panzer. Und kurze Höschen! Brr, bei der Kälte! Ich machte, dass ich fort kam und umrundete das Gebäude in weniger als einer halben Stunde. Als ich wieder am Eingang angekommen war, hatte ich tatsächlich Glück: Eine kleine Gruppe Nonnen verließ das Kolosseum gerade. Leider bogen sie in Richtung Forum Romanum ab. Lara hatte Recht, wer hierherkam, guckte sich eine Sehenswürdigkeit nach der anderen an. Und das offenbar bei jedem Wetter. Wenn ich also keine Lust auf einen weiteren Stadtrundmarsch hatte, sollte ich mir besser jemand anderes suchen. Noch war es hier nicht besonders voll, also war ich nicht in Gefahr. Ich sauste über eine schmale Straße und fand mich rasch in einem weiteren Wohngebiet wieder. Nein, kein Umherirren mehr, flehte ich. Plötzlich sah ich einen Mann in einem braunen Gewand aus einer der dunklen Tore treten. Ein Mönch! Am liebsten hätte ich mich auf ihn gestürzt vor Begeisterung, doch ich hielt mich zurück. Manchmal besuchten uns auch Mönche daheim, deshalb wusste ich Bescheid. Er war allein und eilte flinken Schrittes voran. Ich heftete mich an seine Fersen. Wenn ich Glück hatte, würde er mich jetzt zu meinem Papst bringen! Vielleicht wollte er ihn ja auch besuchen? Aber selbst wenn nicht, ich hoffte inständig, dass er mich wenigs-

tens wieder in die Nähe meines Zuhauses bringen würde.
Mein unfreiwilliger Führer marschierte erst einmal stramm geradeaus, direkt auf eine große Straße zu. Ehe mir wieder angst und bange werden konnte, sah ich, dass er diese nicht überquerte, sondern abbog. Doch nicht etwa nach rechts oder links, nein nach unten! Da waren Treppen, die er hinabstieg. Wenn ich ihn nicht aus den Augen verlieren wollte, musste ich mich sputen. Schnell, sagte ich mir, bloß nicht drüber nachdenken! Ich machte einen Satz in diesen Treppenschacht und hatte ihn ganz fix eingeholt. Der Luftzug war enorm, dafür war es hier drin endlich wieder trocken. Und auch ein bisschen wärmer als draußen. Gemütlich war trotzdem etwas anderes. Die Treppen mündeten in einen Gang, der in einer Art Halle endete, von der verschiedene Wege abgingen. Alle unterirdisch, wie Tunnel. Von derartigen Plätzen hatte ich noch nie etwas gehört! Auf einmal wurde es sehr laut und hektisch, Menschenmassen kamen aus einem der Tunnel gehetzt und sprinteten in einen weiteren. Sie schoben sich aneinander vorbei, sodass ich aufpassen musste, nicht aus Versehen unter ihren Füßen zu landen. Den Bruder, dem ich hierher gefolgt war, hatte ich längst aus den Augen verloren, als er hinter einer Schleuse verschwunden war. Für Menschen war diese vielleicht ein Hindernis, ich konnte bequem drunter durchhuschen, also holte ich auf. Es ging erneut abwärts und unten angekommen, traf mich fast der Schlag: Ich war auf einer Art Bahnhof gelandet, direkt unter der

Stadt! Ein Zug fuhr gerade ein, und mein Bruder stieg ein, also schlängelte ich mich zwischen den ganzen Leuten hindurch und verzog mich im Zug, während die Menschen noch mit Ein- und Aussteigen beschäftigt waren, ganz fix unter einen der Sitzplätze. Hier, so hoffte ich, würde mich niemand entdecken. Die Türen schlossen sich mit einem lauten, durchdringenden Ton, dann ging die Fahrt los. Erkennen konnte ich gar nichts von meinem Platz aus. Das Einzige, was ich sah, waren unglaublich viele Füße. Dafür vernahm ich nach einer Weile eine angenehme weibliche Stimme. „Vittorio Emanuelle“, verkündete sie. Ich blickte mich suchend um, konnte aber nicht erkennen, wo die Stimme hergekommen war. Der Zug stoppte, Menschen stiegen ein und aus, es piepte, die Türen rauschten zu, dann ging es weiter. Wenig später meldete sich die freundliche Stimme zurück. „Termini“, sagte sie nun. Wieder stoppte der Zug, die Menschen stiegen aus, viel mehr jedoch ein, dann ging es weiter. „Republica“, verkündete die Stimme nun und so langsam begriff ich: Sie nannten die Haltestellen! Na, das war doch endlich mal ein Service! Leider erkannte ich nun das nächste Problem: Ich hatte doch keine Ahnung, wo ich wieder aussteigen musste! Und nun? Der Mönch war jedenfalls weg, also konnte ich ihm nicht einfach hinterherlaufen. Notfalls, überlegte ich mir, würde ich einfach so lange sitzen bleiben, bis ich an meinem Abfahrtsort wieder angekommen wäre. Denn dass diese Züge irgendwie im Kreis herumfuhren, erschien mir nur logisch. Ich lauschte konzentriert den Ansagen, doch es dauerte noch eine ganze Weile, bis mir die freundliche Stimme den entscheidenden Hinweis gab: „Cipro – Musei Vaticani“, sagte sie. Vaticani? Das klang doch irgendwie vertraut! Jetzt nichts wie raus! Ich zitterte vor Aufregung und konzentrierte mich auf die Türen. Nur keine Panik!, redete ich mir Mut zu. Ich passte genau auf und sprintete sofort los, als sich die Türen öffneten. Auf die Menschen konnte ich dabei natürlich keine Rücksicht nehmen. Schneller als die meisten realisierten, dass gerade eine Katze an ihnen vorbeisauste, jagte ich aus dem Zug hinaus und eine Treppe hinauf. Oben angekommen, verschnaufte ich einen Moment, und siehe da: Der Bruder war auch wieder da. Ich folgte ihm ans Tageslicht. Kaum oben, reckte ich neugierig meinen Kopf: Es hatte aufgehört zur regnen, stellte ich als Erstes fest. Und ja, dieses Viertel kam mir schon viel bekannter vor. Auch wenn ich hier ganz bestimmt noch nie war, ähnelten die Häuser doch unserem eigenen sehr. Ich fühlte mich gleich viel sicherer und marschierte zielstrebig dem Bruder in der braunen Kutte hinterher. Leider wurde es nach der nächsten Kreuzung auch schon wieder voll auf den Straßen. Doch anders als am Vortag ergriff nicht sofort unbeherrschbare Panik von mir Besitz, sondern nur eine gewisse Nervosität. Ich mochte so etwas eben nicht, Straßen voller Menschen und ich mittendrin. In den Menschenmassen verlor ich den Bruder natürlich schnell wieder aus den Augen. Doch viele Möglichkeiten hatte ich ohnehin nicht – ich konnte nur mit der Masse mitlaufen, woll-

te ich nicht mein Leben riskieren. Ein Gutes, stellte ich schnell fest, hatte diese Enge aber auch – ich fiel nicht auf, weil kaum jemand nach unten schaute. Und über die gefährlichen Straßen kam ich auch ohne größere Schwierigkeiten, weil bei so vielen Leuten die Autos anhielten. Wer bremste sonst schon für eine Katze? Dann teilte sich dieser eine Hauptstrom von Menschen, von dem ich mich mitreißen ließ, in verschiedene auf. Manche Leute blieben nun sogar mitten im Weg stehen und es dauerte eine Weile, bis mir klar wurde, warum: Wir waren da!
Ich huschte um die beiden direkt vor mir stehen gebliebenen Menschen herum und staunte angesichts der schieren Größe des Platzes. In der Mitte ragte eine Säule empor, an dessen Fuß sich ein paar Leute niedergelassen hatten. Die beiden vor mir gingen weiter und stolperten fast über mich. Nein, hier konnte ich nicht bleiben! Ich musste mich erst einmal orientieren. Und dann nachdenken. Gründlich! Noch eine unfreiwillige Stadtbesichtigung wollte ich weiß Gott nicht riskieren. Mein Blick huschte über den Platz.
Außen, so erkannte ich, wurde er auf meiner Seite von Säulen begrenzt, an deren Ende Männer in sehr merkwürdigen Uniformen standen. Da zwischen den Säulen niemand entlanglaufen durfte, zumindest kein Mensch, war der Platz ideal. Ich huschte dorthin und ließ mich direkt neben einer Säule nieder. Geschafft! Neugierig schaute ich mich um. Das da hinten, am anderen Ende des Platzes, war das vielleicht sogar unser Haus? Leider konnte ich mich so gar nicht mehr

daran erinnern, wie es von außen ausgesehen hatte.
„Hey, was machst du denn hier?“, begrüßte mich plötzlich eine Katze, die ebenso weiß war, wie ich Kitty in Erinnerung hatte. Damit hörten die Gemeinsamkeiten jedoch schon auf, wie ich schnell bemerkte. Neugierig beschnupperte sie mich, was mir irgendwie gar nicht behagte.
„Kennen wir uns?“, fragte ich kühl, als mir ihre Vertraulichkeit zu viel wurde.
„Nein, ich glaube nicht. Ich bin Alicia, der Petersplatz ist praktisch mein Zuhause. Dich habe ich hier aber noch nicht gesehen! Du hast ein wunderschönes Fell! So kuschelig und flauschig!“
Irritiert schaute ich an mir herab. Na ja, ich hatte schon mal besser ausgesehen, aber wenn sie meinte. „Danke!“, sagte ich artig. „Wenn du hier oft bist, kennst du dich doch sicher aus!“, hakte ich vorsichtig nach. Alicia schnurrte.„Natürlich kenne ich mich aus, ich lebe schon seit zehn Jahren hier, so alt bin ich nämlich! Und ich habe alle Messen in dieser Zeit hier mitbekommen, ebenso die Selig- und Heiligsprechungen“, rieb sie mir unter die Nase. Noch ehe ich nach Luft schnappen konnte, sprach sie weiter: „Und selbstverständlich habe ich auch die Beerdigung des letzten Papstes hier live erlebt. Und natürlich die Papstwahl! Das war ein Ereignis! Es gab ja so lange keine und die meisten Menschen, die ich belauscht hatte, befürchteten, dass das Konklave viel länger gehen würde. Doch dann die Überraschung – sie haben sich ganz schnell geeinigt. Wie schön! Und nun gibt es einen neuen Papst!“

„Ja genau!“, hakte ich schnell ein, bevor sie weiterplapperte. Dass diese freilaufenden Katzen aber auch nicht eine Minute still sein konnten!
„Ich muss zum Papst! Kannst du mir sagen, wie ich dorthin gelange?“
Alicia sah mich an, nein, sie starrte mich fast bösartig an, so funkelten ihre Augen.
„Hör mal, wenn ich wüsste, wie ich zum Papst komme, würde ich selber hingehen!“, fuhr sie mich an.
Bekam ich jetzt etwa Konkurrenz? Das fehlte mir gerade noch. Vorsichtshalber verschwieg ich dieser Alicia lieber, dass ich eigentlich die Katze des neuen Papstes war, auch wenn er, als er mich das letzte Mal gesehen hatte, noch nicht Papst war.
Unser Gespräch war ins Stocken geraten, aber irgendwann konnte Alicia nicht anders und plapperte wieder los. Vom Petersplatz und Petersdom und tausend Details, die mich eigentlich nicht sonderlich interessierten. Dabei gab sie mächtig damit an, was sie alles erlebt hatte. Ich wurde bald ungeduldig. Schließlich wollte ich zu meinem Papst, und zwar fix. Und ich wollte etwas fressen, ich hatte nämlich fürchterlichen Hunger.
„Wusstest du, dass der Petersplatz zusammen mit dem Petersdom das Highlight des Vatikans ist?“, fragte Alicia gerade. Doch bevor ich überhaupt antworten konnte, plapperte sie weiter: „Alle kommen hierher, weil sie den Papst sehen wollen. Und um hier zu beten, glaube ich. Aber der größte Teil des Vatikans ist für die vielen Menschen gar nicht geöffnet. Überall stehen Wachen herum, siehst du, die dort!“ Sie deutete auf

die Männer in den lustigen blau-gelb-rot gestreiften Uniformen. „Das ist die Schweizer Garde! Die beschützen den Papst!“
„Ja, das ist wirklich alles interessant!“, murmelte ich und überlegte krampfhaft, wie ich ihren Redeschwall irgendwie in eine andere Richtung lenken konnte. Nach meinem Papst brauchte ich sie ja wohl nicht mehr zu fragen, so viel war klar. Nachher wollte sie noch mitkommen!
„Da oben wohnt der Papst, das weiß selbst ich!“, entgegnete ich ihr und zeigte auf das große Gebäude uns gegenüber.
„Ja, das stimmt!“, meinte Alicia. „Die letzten drei Fenster dort oben. Ich weiß aber nicht, ob der neue Papst auch dort wohnt. Ich habe versucht, es herauszufinden, aber noch sprechen die Touristenführer nicht darüber. Vielleicht weil die Wahl ja noch ganz frisch ist.“
„Vielleicht wissen sie es ja selbst nicht!“, warf ich ein. Alicia schien unschlüssig.
„Ja, da könntest du Recht haben. Menschen geben nicht gern zu, wenn sie etwas nicht wissen!“
Katzen aber auch nicht, dachte ich und überlegte, wie ich sie am besten abschütteln konnte. Ich musste mich wohl oder übel ins Getümmel stürzen.

„Ich geh mir mal die Pfoten vertreten, wenn ich schon keine Chance habe, den Papst zu sehen!“, sagte ich betont gelangweilt und hoffte, dass ich sie

dadurch loswerden könnte. Doch weit gefehlt. Sie erhob sich stattdessen sofort.
„Eine gute Idee! Vielleicht schnappen wir ja was auf. Dann können wir den Papst gemeinsam suchen, wie findest du das?“
Darauf antwortete ich lieber nicht, stattdessen drehte ich mich um und marschierte los. Wie ich dieses Getümmel hasste! Wäre ich doch bloß daheimgeblieben, verfluchte ich meine eigene Ungeduld.
Gemeinsam schlenderten wir auf die vielen Menschen zu, schlichen um ihre Beine, und Alicia bemühte sich sichtlich, neue Informationen aufzuschnappen. Als ich schon dachte, ich hätte sie abgeschüttelt, tauchte sie plötzlich wieder neben mir auf. Wir waren gerade an einer weiteren Absperrung angekommen. Zwei dieser lustig gekleideten Gardisten bewachten sie.
„Ich habe gehört, dass der Papst im Garten gesehen wurde, als er von einem Gebäude zum anderen eilte!“, erzählte sie mir aufgeregt. „Los, komm, ich weiß, wo das ist!“
Wenn ich nicht riskieren wollte, dass sie zuerst bei meinem Papst ankam, musste ich lossprinten. Schon aus reiner Verzweiflung legte ich ein Tempo vor, mit dem Alicia kaum mithalten konnte. Wir liefen eine Weile um Säulen und Absperrungen herum, wichen den Menschengruppen aus, die sich auf diesem Platz alle zu sammeln schienen, und verschwanden dann in einer Seitengasse.
„Dort hinten!“, keuchte Alicia. „Da ist der Eingang, siehst du?“
Was ich sah, war ein Tor. Und zwar ein ziemlich gro-

ßes. Es wurde von fünf Männern bewacht. In ihren leuchtenden Uniformen waren sie wirklich nicht zu übersehen. Ich hetzte weiter. Nein, Alicia würde nicht vor mir da sein, schwor ich mir. Inzwischen waren die Männer auf uns aufmerksam geworden. Während mir Alicia dicht auf den Fersen war, bog ich kurzerhand vor dem Tor und den Wachen ab. Erwartungsgemäß rannte Alicia an mir vorbei, direkt auf sie zu.

„Na, was soll denn das?“, hörte ich einen von ihnen lachend rufen, während ich mich betont lässig an der Seite hielt. „Hier kommt keiner rein, auch keine Katze!“ Alicia fauchte und fuhr die Krallen aus, doch es nützte ihr natürlich nichts. Der Mann verscheuchte sie eiskalt. Auch ich sah ein, dass es so vermutlich nicht funktionieren würde. Also tat ich das einzig Sinnvolle, ich trat den Rückzug an.

„Es ist zwecklos!“, fauchte Alicia immer noch wütend, als sie mich eingeholt hatte. „Wir können es aber an einer anderen Stelle versuchen. Immerhin sind die Vatikanischen Gärten riesig!“ Ich antwortete ihr nicht, denn ich war einigermaßen niedergeschlagen. Mit diesen Wachen, denen offensichtlich nicht einmal eine Katze entging, hatte ich nicht gerechnet. Alicia verlor zum Glück irgendwann das Interesse an mir. Wir zogen schon eine ganze Weile unsere Bahnen über den Petersplatz, ich immer auf der Hut vor den vielen Füßen.

„Ich setze mich jetzt wieder an meine Säule!“, verkündete sie stolz. Dachte sie, ich würde ihr folgen? Na, da hatte sie sich aber getäuscht. Ich ging einfach stur weiter und überlegte. Was sollte ich jetzt nur tun? Mein

Magen knurrte erbärmlich und ich begann schon, mich ganz schwach zu fühlen. Ich legte eine Pause an einer der Statuen ein, genauso wie eine Gruppe Menschen, die sich gerade über ihre Mahlzeit hermachten. Die hatten es gut! Ich merkte gar nicht, dass mir ein klägliches Miau entfahren war.

„Ach, sieh mal, die arme Katze hat bestimmt auch Hunger!“ Eine der Frauen war auf mich aufmerksam geworden. Der Mann neben ihr wollte sie zwar davon abhalten, doch sie war schneller und warf mir ein Stück Brot zu. Mit Wurst. Ich beäugte das Geschenk kurz, dann war mein Hunger größer. Mit zwei Bissen hatte ich es verschlungen und leckte mir die Barthaare. Dann sah ich sie fragend an, doch sie hatte sich bereits wieder ihren Begleitern zugewandt.

„Ich habe gelesen, dass man sich anmelden muss, wenn man die Vatikanischen Gärten besichtigen will“, sagte sie und ich wurde hellhörig.

„Ja, aber ob die so kurz nach der Wahl auch schon wieder geöffnet sind?“, warf ihr Begleiter skeptisch ein. „Und angemeldet haben wir uns ja auch nicht!“

„Stimmt!“, mischte sich nun einer der anderen Herren ein. „Aber wir könnten dort ja zumindest mal fragen, wo und wie man sich anmelden kann, nicht wahr?“

Damit schienen alle einverstanden. Wenn die Wachen mit den Besuchern beschäftigt waren, konnte ich vielleicht zwischen den Gitterstäben hindurchhuschen, überlegte ich mir. Ich beschloss, mein Glück zu versuchen, doch nun geschah etwas, das uns alle ablenkte: Mein Papst erschien an einem der Fenster.

Das Raunen der Menge, die Aufregung der Leute – es war einfach unglaublich. Auch die Gruppe, der ich mich ja anschließen wollte, war ganz aus dem Häuschen.

„Da ist er ja!“, jubelte die rothaarige Frau, die mir zuvor das Wurstbrot zugeworfen hatte. Ihr Gesicht glühte vor Aufregung und der Mann neben ihr reichte ihr etwas, das sie sich vor die Augen hielt.

„Er sieht so würdevoll aus, so freundlich!“, flüsterte sie, als sie das Ding wieder aus ihrem Gesicht nahm. Sie reichte es weiter, sodass die anderen ebenfalls hindurchschauen konnten. Ich reckte ebenfalls meinen Hals und lief, so schnell mich meine Pfoten trugen, weiter vor. Dabei miaute ich, was das Zeug hielt. Vielleicht sah er mich ja? Doch zwischen den ganzen Menschen hatte ich keine Chance. Nach ein paar Minuten verließ er das Fenster wieder und ich stand völlig abgehetzt vor der nächsten Absperrung. Und meine Gruppe war auch weg! Also machte ich mich alleine auf den Weg zu dem Gartentor. Ich brauchte nicht besonders lange, weil ich – anders als die Menschen – mich nicht von Absperrgittern ohne Bewacher abhalten ließ. Ich huschte einfach hindurch. Dann hörte ich Stimmen: meine Gruppe! Sie marschierten hinter mir fröhlich plaudernd auf das Tor zu, während die Herren in ihren Uniformen schon auf sie aufmerksam wurden. Doch anders als Alicia zuvor, versuchten die gar nicht erst, irgendwo hindurchzuhuschen, sondern gingen direkt freundlich lächelnd auf die Männer zu.

„Entschuldigen Sie bitte, eine Frage!“, hörte ich die

rothaarige Frau rufen. Der Angesprochene blieb stehen und war ganz offensichtlich gewillt, ihr zuzuhören. Schnell hatten die anderen aufgeschlossen und zwei weitere Uniformierte in ihr Gespräch gezogen. Günstiger wurde die Gelegenheit nicht mehr – ich preschte mich von der Seite heran und huschte dann ganz fix durch die Gitterstäbe. Ausgerechnet die rothaarige Frau war es, die mich verriet.

„Guck mal, die süße Katze!“, rief sie und lachte. „Tja, als Katze hat man eben überall freien Zutritt!“

Wenn die wüsste! Ich machte, dass ich wegkam, und lief dabei fast einem der Herren in die Arme.

„Meine Güte, diese Katzen aber auch!“, fluchte er. „Mach, dass du wegkommst, husch, husch!“ Sollte mich das jetzt verscheuchen? Na, da musste er sich aber mehr einfallen lassen. Ich fauchte ihn böse an, dann schlug ich mich ins Gebüsch. Erwartungsgemäß folgte er mir bis dahin natürlich nicht. Nachdem ich eine Weile gewartet hatte, wagte ich mich weiter vor und stellte fest, dass Alicia, was die Größe dieses Gartens anbelangte, nicht übertrieben hatte. Die Bezeichnung Garten war eigentlich eine Untertreibung. Das Gelände war riesig! Ich brauchte eine gefühlte Ewigkeit, bis ich überhaupt an so etwas wie ein Gebäude herankam. Es war ein Brunnen, wie ich bei näherer Betrachtung feststellte. Na, wenigstens hatte ich nun etwas zu trinken. Ich sprang auf den Rand und schlapperte los. Danach legte ich mich erschöpft ins Gras. Ich muss nachdenken, rief ich mich zur Ordnung. Ich hatte furchtbaren Hunger, daran änderte auch das Wasser nichts. Hungern war ich einfach nicht gewohnt! Was würde Kitty jetzt tun?, fragte ich mich. Aufgeben? Nachdem sie es bis hierher geschafft hatte? Nein, das hätte sie niemals getan. Also sprang ich wieder auf und erkundete die Gärten. Hier gab es keine anderen Katzen, stellte ich recht schnell fest. Hier gab es nämlich so gut wie gar nichts. Außer jede Menge Grün zwischen den paar wenigen Häusern. Und auch Menschen liefen hier kaum herum. Vielleicht lag es an der Uhrzeit? Mein Magen sagte mir, dass die Mittagszeit längst vorbei war.

Ich stromerte immer weiter und nach einer ganzen Weile kam ich wieder an einem Brunnen an. Davon schien es hier wohl einige zu geben. Auf einem Stück Rasen trollten sich zwei Eichhörnchen.
„Hey, ihr da, wisst ihr, wie ich zum Papst komme?", fragte ich sie gerade heraus. Sie unterbrachen ihr Spiel und starrten mich zitternd an. Dann verschwanden sie schneller, als ich gucken konnte, auf einem Baum. Von dort oben beäugten sie mich kritisch.
„Ich komm da nicht hoch!", versprach ich ihnen.
„Du bist eine Katze!", erwiderte das eine. Es klang eindeutig vorwurfsvoll. Ich blieb in gebührendem Abstand stehen und reckte meinen Kopf nach oben.
„Bitte, ich will doch niemandem was tun, ich will doch nur endlich zu meinem Papst!", mauzte ich.
„Wir wissen von nichts!", rief das andere mir zu, das gleich noch ein paar Äste höher kletterte. Meine Güte, waren die aber auch ängstlich!

„Ich klettere nicht auf Bäume!“, erklärte ich den beiden, was sie mir aber offensichtlich nicht abnahmen.
„Du bist eine Katze!“, hielt mir das Eichhörnchen wieder vor. Es klang, als wäre das ein Schwerverbrechen.
„Ich gehe normalerweise nicht mal vor die Tür!“, versuchte ich erneut ihr Vertrauen zu gewinnen. Immerhin, das eine Eichhörnchen riss nicht weiter aus, sondern beguckte mich nun durchaus neugierig.
„Und was machst du dann hier?“, wollte es wissen.
„Das sagte ich doch schon! Ich will zu meinem Papst! Der war bisher mein Kardinal, ich lebe schon mein ganzes Leben bei ihm. Nun haben sie ihn zum Papst gemacht und er ist nicht mehr nach Hause gekommen!“
Das Eichhörnchen, das höher geklettert war, kam nun wieder ein paar Äste tiefer.
„Dein Papst ist eben mit ein paar anderen Männern hier vorbeigekommen! Nun ist er aber schon weitergegangen“, sagte es und deutete in Richtung des Brunnens. „Dahinter führt ein Weg auf ein Gebäude zu, von hier oben kann man das gut sehen. Ich sehe die Männer noch. Einer von ihnen ist ganz in Weiß gekleidet. Das ist bestimmt dein Papst!“
„Aber wo denn?“, fragte ich nun verwirrt. Ich sah nichts. Nur den Brunnen. Und jede Menge Hecken.
„Na, da drüben!“, erklärte mir das Eichhörnchen ungeduldig. Dann machte es einen Satz und landete ein paar Meter vor mir. Noch ehe ich allerdings reagieren konnte, sprang es schon weiter. „Los, komm!“, rief es mir zu und achtete peinlich darauf, dass ich ihm

nicht zu nahe kam. Ich hetzte am Brunnen vorbei und endlich sah ich, dass es zwischen den ganzen Hecken weitere Wege gab. Nach ein paar weiteren Biegungen hüpfte mein Eichhörnchen wieder auf einen Baum.
„Los, beeil dich!“, verlangte es. „Du musst den Weg einfach weitergehen, sie sind noch da!“
Das ließ ich mir nicht zweimal sagen. Ich rief meinem kleinen neuen Freund einen Dank zu, dann spurtete ich los. Und dann sah ich ihn. Ja, das war er, zweifellos! Ich rannte und rannte, und auch als ich längst bemerkt worden war, rannte ich weiter. Nun konnte mich keiner mehr aufhalten! Mit vollem Schwung erreichte ich die vier Männer, die mich einigermaßen verdutzt ansahen.
„Ja, Francesca, bist du das etwa?“ Das war er! Mein Papst! Ich lief sofort zu ihm, und er hatte sich bereits zu mir herabgebeugt und hob mich hoch.
„Hier steckst du also! Antonella hat sich solche Sorgen gemacht! Sie ist einfach verschwunden, Heiliger Vater!“
Die Stimme kannte ich doch: Conrad!
„Na, du konntest es wohl nicht abwarten?“, schmunzelte mein Papst. In diesen weißen Sachen sah er noch viel freundlicher aus als sonst. Ich genoss weiter seine Streicheleinheiten.
„Die Ärmste! Sie muss am Verhungern sein! Sie ist es doch gar nicht gewöhnt, draußen zu sein!“ Conrad klang richtig besorgt.
„Nun denn, komm, Francesca“, sagte mein Papst und setzte mich wieder auf den Boden. Und zu Conrad

gewandt: „Es wird sich doch sicher etwas zu Fressen für sie finden lassen, oder?“
Hocherhobenen Hauptes marschierte ich an der Seite meines Papstes in unsere neue Wohnung hinein. Vorbei an einer ganzen Reihe Uniformierter, die es nun nicht mehr wagten, mich zu verscheuchen. Oben angekommen, eilte uns bereits Antonella entgegen.
„Da bist du ja wieder, du kleiner Ausreißer, hast du mir einen Schrecken eingejagt!“, stöhnte sie. „Mach das bloß nie wieder!“
Als ich die Tränen in ihren Augen sah, wurde mir erst klar, was mein Verschwinden bei ihr ausgelöst haben musste. Wir waren ja die ganzen Jahre unzertrennlich gewesen.
„Sie konnte es nicht abwarten, aber das kenne ich ja schon!“, sagte mein Papst und streichelte mich. „Tja, Francesca, nun gehen wir zwei doch nicht in Pension!“, stellte er dann fest. „Eigentlich schade, denn ich hatte mich schon darauf gefreut, in Ruhe ein paar Bücher zu schreiben. Vielleicht sogar ein Katzenbuch über Kitty und dich.“
„Macht nichts!“, miaute ich. „Dann bleiben wir eben hier. Das Buch können auch andere schreiben!“
Mein Papst lächelte und zum allerersten Mal überhaupt hatte ich das Gefühl, dass er mein Gemauze tatsächlich verstanden hatte. Er

streichelte mich noch einmal. Und Antonella reichte mir mein Lieblingsessen: Geflügelleber. Ich war zu Hause! Endlich!